イレブン殺人事件 新装版

西村京太郎

JOY NOVELS
実業之日本社

イレブン殺人事件　新装版／目次

カバー写真／アフロ
装幀／加藤　岳

ホテルの鍵は死への鍵

1

山崎五郎は、泥棒である。

自分では、上等な泥棒だと思っていた。彼の稼ぎ場所は、もっぱら一流ホテルである。

山崎のやり方は、至極、簡単だった。

彼は、まず、東京都内や、観光地のホテルに一泊する。これは、いわば、資本投下である。

ホテルでは、部屋の鍵を渡される。ホテルが、日本旅館と違うところは、鍵を持っている間は、一国一城の主みたいなもので誰にも干渉されずに、過ごせることである。ボーイや他の使用人が、部屋に入ってくることもない。

山崎は、ホテルに入り、部屋の鍵を受け取ると、すぐ町へ出る。外出のときは、普通、鍵をフロントに預けるのだが、別に預けずに、ポケットに入れて外出しても、あやしまれることはない。

山崎は、鍵を持って外出すると、まっすぐに、仲間の錠前屋へ直行する。近頃は、鍵を作る機械があるから、同じ鍵を、あっという間に作ってくれる。

これで、事前運動は終りである。

翌日、そのホテルを出る時には、山崎のポケットには、何号室かの合鍵が納まっているという寸法である。

山崎は、いくつかのホテルで、同じ行為を繰り返す。その度に、彼のコレクションの中に、ホテルの鍵が増えていくのである。

帝国ホテルの三六五号室
ホテルオークラの九〇六号室
京都国際ホテルの二二四号室

九州パブリックホテルの七三〇号室
エトセトラ、エトセトラである。鍵はきちんと整理され、ホテルの名前と、部屋のナンバーを書いた木の札がつけてある。

つまり、こうした部屋には、出入り自由というわけである。

山崎は、その鍵を持って、時々、ホテルを廻り歩く。

ホテルのロビーも、廊下も、町の延長ということになっている。誰が歩いていても、咎められないし、中年で、小太りの山崎五郎は、上品な泊り客に見える。

彼は、自由になる部屋を見張り、泊り客が外出すると、手持ちの鍵を使って、一仕事するのである。

ホテルでは、貴重品はフロントに預けるように呼びかけているが、部屋に置いたままの客が多い。それだけ、客は、ホテルを安全なところと考えているのだが、山崎としては、それも、有難いことだった。

収穫は、現金だったり、宝石だったり、高級カメラだったり、さまざまである。収穫があった翌日、新聞を見ると、

〈××ホテルで盗難〉

と、書いてある。

客は、不用心なホテルだと怒り、ホテルの方は、ドアを破られた形跡がないのだから、盗られた筈がないと主張する。それが、毎度のパターンになっていた。山崎五郎は、そんな新聞記事を読んで、クスクス笑うわけである。

ある日、山崎五郎は、芸能週刊誌を読んでいて、次の記事を発見した。

〈私の好きなホテル
私は、京都に住んでいて、仕事のために上京することが多いが、そのときには必ず、赤坂にある新赤坂ホテルに泊ることにしています。

このホテルが出来てからだから、もう十年来のなじみである。

部屋も、九〇一号室と決っている。ホテルの方でも、できる限り、私のために、この部屋を空けておいてくれるのである。その好意が嬉しくて、私は、他のホテルに変える気になれない。さして大きくないホテルだが、従業員の態度も、節度を保っていて好感が持てて、好きなホテルである。

宮永菊一郎〉

「ほう」

と、山崎五郎は、強い興味を持って、この文章を、二度、読み返した。

宮永菊一郎といえば、戦前から活躍している映画俳優で、今も、初老の父親役で、テレビで大活躍である。

渋味のある物腰が、中年の女性ファンにモテモテらしい。事業の方でも才能を発揮していて、資産は数億円にのぼるだろうという記事を読んだことも、山崎はあった。

「新赤坂ホテルの九〇一号室か」

山崎は、口の中で呟いてから、ゆっくり立ち上った。ぜひとも、その部屋の鍵を手に入れずばなるまい。

山崎は、週刊誌やスポーツ新聞を買い込んで来て、宮永菊一郎が、今、高知ロケに行っているのを確かめてから、新赤坂ホテルに出かけた。

宮永が書いているように、九階建だがあまり大きくないホテルである。

フロントで、蝶ネクタイをいじりながら、

「部屋に希望があるのだがね」

と、山崎はいった。

「どの部屋でしょうか？」

「九〇一号室なんだがね」

と、いうと、フロントは、ニヤニヤ笑って、

「お客様も、あの記事をお読みになったんですか？」

と、きいた。山崎が、ギョッとして「え？」と、きき返すと、

「宮永様が、私どものことを書いて下さって以来、九〇一号室に泊りたいという方が多いのですよ。たいていは、ファンの女の方ですが」

「私は別にファンでも何でもないよ」

と、山崎は、顔をなぜながらいった。

「ところで、九〇一号室は空いているのかね？」

「空いておりますが、あさってになりますと宮永様がおいでになりますので」

「なに、一日だけでいいんだ」

と、山崎はいった。

鍵を貰って、いったん九〇一号室に入った。廊下の端の部屋で、確かに眺めが良かった。窓の下は、皇居の外堀になっていて、ボートが浮かんでいるのが見えた。

寝室と居間がわかれ、ツインだから、部屋代は高そうである。一日で二万円近くとられそうだが、相手は宮永菊一郎なのだから、それに見合うぐらいの収穫はあるだろうとふんだ。

陽が落ちてから、山崎は、鍵をポケットに押し

込んで、部屋を出た。

ホテルの外で、タクシーを拾って、上野に急がせた。

ゴミゴミしたアメヤ横丁の中に、目当ての錠前屋が、小さな店を出している。山崎が、黙って中に入り、ホテルの鍵を取り出すと、十年来のなじみの坂田老人は、眼をパチパチさせてから、

「相変らず、ホテル荒しをやってるのかね？」

と、きいた。

「上品で、いい仕事だよ。おれに向いているんだ」

山崎が、胸を張って見やると、坂田老人は、また、眼をパチパチさせてから、

「上品なのは、ホテルであって、お前さんの仕事そのものは、ゴミ箱あさりみたいなものだよ。早くやめた方がいいね。ホテルだって馬鹿じゃないから、そのうちに、きっとひどい目にあうよ」

と、吐言《こごと》をいった。山崎は、フフンと鼻で笑った。

「ホテルというのはだね、泊り客を監視するようなことをしたら、てきめんに客が来なくなるものなのさ。開放的で、自由に出入りできて、干渉されないところに、ホテルの良さがある。だから、おれが捕まることは、まあ、めったにないねえ」

「そのうぬぼれが怪我のもと」

と、坂田老人は、標語みたいないい方をしてから、

「稼ぎだって、たいしたことはないんだろう？手を汚さなきゃあ、大金はつかめんからね」

「今度は、大きな稼ぎになりそうなんだ」

と、山崎は、指をパチンと鳴らして見せた。

鍵は、もう出来あがっていた。

2

宮永菊一郎のスケジュールを知るのは、そう難しいことではなかった。

彼の属するプロダクションに、ファンだといって電話すると、割りに簡単に教えてくれたからである。

とにかく、殺人的なスケジュールで、新赤坂ホテルの九〇一号室は、寝に戻るだけらしい。これなら、仕事は楽だと、山崎は思った。

ホテルというのは、大体、午前十時から十二時頃までの間に、部屋の掃除をする。部屋をいじられるのが嫌な客は、掃除はいいと断っておけばいいのだが、宮永菊一郎が、そのどちらかわからない以上、この時間は、危険である。

一番いいのは、午後の一時から夕刻までである。新しい泊り客が来る時間だし、ロビーや廊下を歩いていても、見とがめられることがない。万一、何かいわれても、九〇一号室の宮永菊一郎に会いに来た一ファンだといえばいいのである。

山崎は、午後二時に、新赤坂ホテルに入った。

これから仕事と思うと、やはり緊張するが、ホテルで仕事をして失敗したことがなかった。

フロントの前を通りながら、さりげなく九〇一号室の棚に眼をやる。鍵がちゃんと入っている。宮永菊一郎が、フロントに部屋の鍵を預けて外出している証拠である。

山崎五郎は、安心してエレベーターに乗った。九階でおりる。廊下に人影はなかった。廊下の端まで歩き、ポケットから鍵を取り出して、錠にさし込んだ。

ドアがあくと、山崎は、スルリと、部屋の中に身体を滑り込ませた。後手にドアを閉めると、自然に、鍵がかかるようになっているから、落着いて仕事ができる。

勝手知ったる部屋である。居間を抜けて、まっすぐに、寝室に入った。

ベッドの上に、洋服が脱いだまま放り出されていた。赤い表紙の脚本《シナリオ》を、投げ出してある。

小型のテープレコーダーがあるのは、セリフの勉強用だろう。いいものらしいが、山崎は、盗む気になれなかった。こういった種類のものは、新型が出て、すぐ安くなってしまうからである。それに、足もつき易い。

山崎は、背広のポケットを調べてみた。一万円札一枚と、千円札三枚が、しわくちゃになって押し込んであった。まず、それを失敬してから、再び念入りに調べたが、他に、金は見つからなかった。

少しがっかりして、もう一度、寝室の中を見廻した。

大きなスーツケースが二つ、壁際に並べておいてあった。幸い、鍵は掛ってなかったが、開けてみて、失望した。片方には、着代えの下着やワイシャツ類が、ぎっしり詰っているだけだったし、片方のスーツケースの中身は、化粧道具と、本だった。どちらも、金にならない代物である。

〈一万三千円の収穫か〉

これでは、下準備の部屋代にもならない。坂田老人の皮肉な言葉を思い出してから、山崎は、眼の前に、造りつけの衣裳ダンスがあるのに気がついた。

俳優だから、背広の類は、沢山持って来ているだろう。ポケットには、また、一万円札や千円札が入っているかも知れない。

山崎は、開けようとした。が、鍵が掛っていた。

「ふむ」

と、山崎五郎は、鼻を鳴らした。困ったなという表情ではない。逆であった。鍵を掛けていったということは、何か高価なものが入っているに違いないと考えたから、開かない扉に向って、ニヤッと笑った。

山崎は、一寸考えてから、枕元にあるテレビのスイッチを入れた。今朝、新聞のテレビ番組の欄を見たら、MTBテレビの、「二時のわたし」に、宮永菊一郎がゲスト出演すると出ていたからである。

ダイヤルを回すと、宮永菊一郎の顔が、大写しになった。

昔、美人女優だったという司会者が、

「宮永さんは、女性におモテになるそうですわねえ」

と、変に甘ったるい声で、宮永菊一郎にきいた。生番組だから、宮永は、確実に、MTBテレビ局にいる筈である。

山崎は、テレビを見ながら、用意してきた針金を取り出した。

ホテルに造りつけの衣裳ダンスなど、あけるのは造作のないことである。

「いや、もうたいしてモテませんよ。年《とし》ですからねえ」

「そんなことは、ございませんでしょう。ずいぶん、モテるというお噂は、伺ってますわ」

「いや、いや」

「もしもですわよ。もしも、今、若くて、きれいな娘さんが、宮永さんが好きで堪らないといって、身体を投げ出してきたら、どうなさいます?」

「さあ、そのときにならないと、一寸わかりませんな」

「あんなことをおっしゃって。ということが、何度も、おありになったんでしょう?」

(ジャレついていやがる)

と、山崎五郎は、舌打ちをしながら、針金を、鍵穴にさし込んだ。

(おれには、年増の女だって、身体を投げ出して来やしねえ)

ピチッと、いつもながら気持のいい音がして、錠が外れた。

横のテレビからは、相変らず、甘ったるい会話が聞こえてくる。留守の部屋に、泥棒が入っているなどとは、全く考えてもいないだろう。

(いい気味だ)

と、思いながら、山崎は、タンスの扉を開けた。

とたんに、若い女が、彼に、身体を投げかけて来た。

3

若くて、素晴らしい美人だった。しかも下着一枚だ。

だが、もう息をしていなかった。死体だった。

その死体を抱くような恰好で床に倒れながら、山崎五郎は、思わず、「わあッ」と悲鳴をあげ、そのあたりで、あわてて口を押さえた。

死体は、床に俯伏《うつぶ》せに倒れたままだった。

山崎は、蒼い顔で、モゾモゾと起き上がり、床にしゃがんだ姿勢で、自分の横に倒れている死体を見やった。

その時、彼は、これと同じ光景《シーン》を、映画で見たなと思った。確か、喜劇映画だった。間抜けな探偵が、タンスをあける度に、美女の死体が転がり出てくるストーリィだった。あのとき、ゲラゲラ笑いながら見ていたのだが、実際となると、笑うどころではなかった。

突然、近くで人声がした。

「女殺しというお噂ですけど、本当は、どうなんでしょう」

「いやあ、そんな噂は、若いときのことですよ」

山崎は、ぎょっとして、声のする方をふり向いてから、テレビが、まだ続いていたのに気がついて、ほっとした。

ほっとしてから、急に、宮永菊一郎に腹が立ってきた。

この女を殺したのは、宮永菊一郎に決っている。あの男と、どんな関係の女かはわからないが、殺したのは、間違いなく宮永だ。

こんな美人を殺して、衣裳ダンスにかくしておきながら、テレビに出て、デレデレと自慢話をしている。何という男だろう。

山崎は、立ち上がると、寝室の中を歩き廻った。

(死体を見て、びっくりしてたんじゃ、話にならないぞ)

と、山崎は自分にいい聞かせた。

(おれも、悪党のはしくれだ。この辺で、一丁、でかいことやらなきゃならん。坂田の爺さんもいってたではないか。お前さんのやってることは、ゴミ箱さらいと同じだと。大金をつかむためには、きれいごとじゃ駄目だとも)

山崎は、死体の傍にしゃがみ込んで、怖いのを我慢して、死体を転がして、仰向けにした。

すんなりと細いくびの辺りに、赤黒いアザみたいなものが浮き出ている。のどくびを絞めて殺されたのだ。

一体、どんな女なのだろうか?
二十五、六歳の感じだが、ＯＬのようにも、バーのホステスのようにも見える。下着一枚のせいだろう。
山崎は、衣裳ダンスに眼をやった。タンスの奥に、女のドレスやハンドバッグが、乱雑に押し込んであるのが見えた。

山崎は、ハンドバッグを取り出した。ワニガワのなかなか上等の品物だった。いつもの山崎なら、すぐ値ぶみをするところだが、今は、そんな気になれない。

バッグをあけて中身を調べた。

化粧品に財布。財布の中には、五万円近い金が入っていた。反射的に、自分のポケットに放り込んだが、考え直して、また、ハンドバッグに戻した。

バッグの中には、二つに折った封筒も入っていた。

表には、「杉並区方南町・太陽マンション内日下部栄子様」と、書いてある。裏を返すと、「京都にて、宮永」とだけ書いてあった。

どうやら、宮永菊一郎が、この女に出した手紙らしい。

〈何度もいうように、私は、家庭を捨てることは出来ない。君にも、それはわかっている筈だ。今度、東京へ行ったとき、ゆっくり話し合いたいから、無茶なことは、しないで貰いたい。

〈宮永〉

手紙を読み終ると、山崎五郎は、「ふん」と、鼻を鳴らした。

宮永菊一郎は、まだ、テレビで、とくとくと、昔も今も、いかに女にモテるかを、謙遜しながら自慢しつづけていた。

山崎は、アップで映っている宮永菊一郎の顔を眺めた。

恐らく、宮永は、訪ねてきた女と、上手く別れようとしたのだろう。金で決着をつけようとしたのかも知れない。

だが、女の方は、いうことをきかなかった。結婚してくれなければ、二人の仲を公にするとでもいったのかも知れない。そして、カッとなった宮永が、女を絞め殺してしまった。そんなところだろう。

女を殺したのは、今朝のことだったに違いない。テレビ出演が迫っていたので、死体を始末する時間がなく、衣裳ダンスに押し込み、鍵をかけて、出かけた。今夜にでも、ホテルに戻ってから、死体を始末する気に違いない。どんな風に始末する積りなのかわからないが、おれが死体を見つけた以上、簡単に、頬かむりはさせないぞと、山崎は、テレビの宮永菊一郎に向って、つぶやいた。

(これこそ、坂田の爺さんのいった金儲け仕事になりそうだ)

山崎は、手紙をポケットに放り込み、死体を、元どおり、衣裳ダンスに押し込んだ。

そのあと、一寸考えてから、ハンドバッグの中にあった口紅を、ベッドの下に隠した。

(これでよし)

山崎は、もう一度部屋の中を見廻してから肯いた。

テレビの「二時のわたし」も、丁度、終りに近づいたところで、ブラウン管の中の宮永菊一郎は、相変らず、笑顔を見せていた。

明日になれば、あの笑顔が、泣き顔に変るだろう。そして、山崎五郎は、金持ちになれる。少くとも、その筈である。

4

翌日、山崎五郎は、昼近くになって、眼を覚ました。夢の中で、大金持ちになっていたから、快い眼覚めであった。

顔を洗ってから、山崎は、アパートを出て、近くにある公衆電話ボックスに入った。残念ながら、まだ、彼の六畳一間の部屋には、電話が引いてなかったからである。その電話も、宮永菊一郎から大金を引き出せたら、何本でも引くことができる。

電話ボックスで、ゆっくりと、新赤坂ホテルのダイヤルを回した。テレビ局へ出かけていたら、放送局を教えて貰おうと思ったのだが、今日は、部屋にいるという返事だった。

「ただ、気分を悪くして、お休みになっていらっしゃるので、おつなぎすることは出来ません」

と、フロントは、いった。

山崎は、受話器を持ったまま、ニヤッと笑った。宮永が気分が悪いのは、あの死体のせいだろう。それとも、昨夜、死体の始末をしたので、疲れ切ってしまったのか。

「おれは、その病気を直せるんだがね。つないで貰えないかね?」

「お医者さまですか?」

「いや」

「では、おつなぎできませんが」

「じゃあ、宮永さんに、こう伝えてみてくれないかね。栄子という女のことで話があると」

「エイコですか?」

「栄えるという字だよ。待ってるから頼むぜ。勝手に切ると、あとで、間違いなく、宮永菊一郎に怒鳴られるぜ」

「一寸お待ち下さい」

フロントは、あわてたようにいった。向うの声が戻ってくるまでの間、山崎は、片手で煙草をくわえ、ライターで火をつけた。一ぷくしたとたんに、フロントの声が電話に戻ってきた。

「おつなぎします」

と、フロントはいった。代りに、「もしもし」

という堅い男の声が聞こえた。

「私に何の用かね?」

「死体は、もう片づけたのかい?」

山崎が、ズバリときくと、相手は、「うッ」というような声を出して、沈黙してしまった。きっと、宮永の顔は、真っ青になっていることだろう。

「死体は、どうしたんだね? まだ、衣裳ダンスに押し込んだままかい?」

「何のことかわからないが――」

「声がふるえてるよ。宮永菊一郎さん」

「――」

「まだ死体が始末してないんなら、手伝ってあげてもいいぜ」

「あなたの名前は?」

「そんなことは、どうでもいいだろう? おれのことより、そこの衣裳ダンスの中の死体のことを話したいんだ」

「電話では、何の話かよくわからないからこちらへ来てくれませんか。今日の午後なら身体が空いてますから」

「おれも会いたいね」

「私のいるところは――」

「知ってるよ。新赤坂ホテルの九〇一号室だろう。景色のいい部屋だ。すぐ行くよ」

山崎は、受話器をおくと、嬉しそうに笑った。運が向いてきたのだ。相手は、資産数億といわれる男だ。いくらでも、金は引き出せるだろう。

山崎五郎は、アパートに戻って、外出の支度をしてから、新赤坂ホテルに出かけた。長年の習慣で、九〇一号室の鍵をポケットに入れたまま出てしまい、途中で、今日は要らないと気がついたが、そのまま、タクシーに乗った。ポケットの中で、ホテルの鍵がジャラついていないと、何となく落着かないのである。大金が手に入れば、こんな癖もなくなるだろう。

ホテルには、悠然と入った。呼ばれてホテルへ入るのは、生れて初めての経験である。九〇一号室の前へ行き、いつもの癖で、鍵を取り出してしまってから、苦笑して、それをポケットに納め、ベルを押した。
二、三分待たされてから、ドアが開き、テレビでよく見た宮永菊一郎の顔がのぞいた。
「さっき電話したのは、おれだよ」

と、山崎がいうと、宮永は、堅い表情のまま、彼を、部屋に入れてくれた。

山崎は、まっすぐ寝室へ歩いて行った。衣裳ダンスは、昨日のまま、そこにあった。

把手に手をかけて、ちらりと、宮永菊一郎をふり返った。相変らず、堅い表情をしていたが、山崎を制止する気配はない。

（えいッ）

と、口の中で、気合いをかけて、山崎は、タンスの扉をあけ放った。反射的に、一歩後退したのは、昨日のように、女の死体が倒れて来たらかなわないと思ったからである。

しかし、何ごともおきなかった。

衣裳ダンスの中には、宮永の背広が数着、吊してあるだけで、女の死体も、ドレスも、ハンドバッグも、見事に消え失せていた。

「ほう」

と、山崎は、声に出していい、宮永の顔を眺めた。

「どうやって、死体を始末したんだい？」

「何のことかね？」

「とぼけなさんなよ。ここに昨日入っていた死体のことさ。名前は、日下部栄子だっけな。あんたが別れ話を持ち出した女だよ」

「――――」

「おれには、何もかもわかってるんだよ。だが、警察へ訴える気は、おれにはないから安心しなよ。警察から賞《ほ》められたって、金にならないからね」

「金か？」

いくらか、ほッとした顔で、宮永がきいた。

「ああ。金が欲しいね。あんただって、殺人犯で死刑になるよりは、金で解決した方がトクだろう？」

「昨日、この部屋に入ったのか？」

「まあね」

「どうやって？」

「それはいえないねえ。あとの仕事にさしつかえるからね」

「私が女を殺したという証拠があるのか？」

「あるとも。あんたが、死体を始末しちまうだろうと思って、これをハンドバッグから抜き取っておいたのさ」

山崎は、宮永菊一郎の手紙を取り出して、眼の前で、ヒラヒラさせて見せた。

「あんたが、女に書いた手紙だよ。別れ話の手紙だ。警察にいわせれば、十分に動機になるんじゃないかねえ」

「確かに、私が書いた手紙だ。だが、それが何の証拠になるかね？　彼女が、この部屋にいたという証拠にもならんだろう？」

「そういうと思って、この部屋に、ちょっと細工しておいたのさ」

と、山崎は、胸をそらせた。

「女のハンドバッグの中に、口紅がなかったのに気がつかなかったのかね？　あの口紅を、おれは、この部屋のどこかに隠したんだ。つまり、女が、この部屋にいたという証拠だよ」

「どこに隠したんだ？」

「それは、商談が成立してから教えてやるよ」

「いくら欲しい？」

「そうあわてなさんな。それより先に、死体をどうやって始末したのか教えて貰いたいな。すごく興味があるんでね」

「どうやったと思う？」

宮永は、少しずつ冷静な顔色になってきき返してきた。金で解決できるとわかって、落着いたのだろう。

「ふむ」

と、山崎は、鼻を鳴らしてから、

「まず考えられるのは、ロープを買ってきて、夜中に、死体を窓から下へおろす方法だな。この窓の下は、外堀だ。うまくやれば、死体を沈められる。それに、あの外堀は、一ヶ月後に埋め立てが始まる。埋め立てられてしまえば、死体は、永久に見つからない」

「成程ね」

「やっぱり、それか」

山崎は、鼻をうごめかせてから、窓のところへ行った。

「ただし、この手すりに、ロープのこすれた痕がつく筈だがね」

と、いったが、手すりのどこにも、ロープのこすれた痕はなかった。

山崎は、首をかしげて、宮永をふり返った。

「死体は、どうやって始末したんだ？」

「それは、あとで説明するよ。とにかく、ロープで吊り下げて、外堀に投げ込んだわけじゃない。ここは、九階だからね。二十五、六メートルはある。そんな長いロープは、なかなか売ってないし、ひとりで出来る仕事じゃない。君がいったように、窓の手すりにロープの痕がついてしまうし、たとえ、上手く外堀に沈んだとしても、埋め立てが始まるまでに、浮き上ってくる危険もある。第一、二十何メートルのロープの始末に困る。死体を縛ったまま、堀に沈めたら、いつ、ロープの先が、見つかってしまうかわからんからね。あそこには、貸ボートが動いているんだよ。ボートのオールに、ロープがからみついて、死体が発見される危険が多いんだ」

「じゃあ、どこに死体を隠したんだ？　どうやって始末したんだ」

「だから、それは、あとで教えるといったろう。まず、商談の方を、先にすませたいね。そうしないと、落着けないんだ」

「おれもだよ」

と、山崎は、ニヤッと笑った。

宮永は、内ポケットから、小切手帳を取り出した。

「それで、いくら欲しいのかね？」

「大金が欲しいんだ」

と山崎はいった。金額を、すぱッといえないのは、金にあまり縁のなかった証拠みたいなものである。それを感じとったとみえて、宮永菊一郎は、小さく笑ってから、

「二千万でどうだね？」

と、いった。

5

二、三百万とでもいったら、開き直ってやろうと身構えていたところへ、いきなり、二千万と切り出されて、山崎五郎は、ヘドモドしてしまった。やはり、根っからの貧乏性なのである。
「――――」

しばらく、黙って返事をしなかったのは、不満だからではなく、驚いてしまったからである。

「二千万なら、すぐ、小切手を切るよ」

と、宮永にいわれて、

「まあ、いいだろう」

と、山崎は、かすれた声を出した。

宮永は、小切手帳にペンを走らせてから、山崎に渡した。

「その銀行なら、どこの支店でも、すぐ払ってくれる筈だよ」

「まさか、不渡りじゃあるまいな？」

「私は、その銀行に、一億ばかり預金がしてある。不渡りなんてことは、絶対にないよ」

と、宮永は、笑ってから、山崎を安心させるように、

「それに、君は、私があの女に出した手紙を持ってるじゃないか、私が、誤魔化《ごまか》しても、その手紙で、私を脅かすことが出来る筈だよ」

「そうだったな」

山崎は、安心して、小切手をポケットにしまった。急に、身体が、暖かくなったような気がした。二千万円の大金が手に入ったのだ。坂田の爺さんだって、これで、おれを見直すことだろう。

宮永菊一郎は、煙草に火をつけた。

「今度は、私の方が心配になってきた」

「何故だい？　おれは、警察にいったりしないぜ」

「君は、今、二千万円、私から取り上げて満足しているが、そのうちに、また、ゆすりにくるに決っている」

「なんだ。そんなことを心配しているのか」

山崎は、ニヤッと笑った。

「おれだって、男だ。そんなケチな真似はしないよ。心配なら、領収書を書いてもいいぜ」

「書いて貰えるかね？」

「勿論《もちろん》だよ。何と書けばいいね？　金二千万円也、右正に領収致しましたとでも書くかね？」

「そんな堅苦しいものじゃなくていい。私と君の間だけでわかるものでいいんだ」

宮永は、便箋を取り出して、山崎に渡した。山

崎は、部屋にあったボールペンを取り上げて、

「どう書くね?」

「そうだな」

と、宮永は、天井を見上げて、一寸《ちょっと》考えていたが、

「こう書いてくれないか。『もう何もいらない』とね。それに、君の名前だ」

「何もっていうのは、どういう意味だい?」

「私は、京都と東京に、かなり土地を持っているんだ。今は、金なんかより、土地の方が大事な時代だからねえ。君に、金はもういらないといったが、土地は別だと開き直られると、どうしようもないからね」

「成程ねえ。細かいことに気がつくわ」

山崎五郎は、感心して見せてから、いわれたとおりに、ボールペンを走らせた。

「どうも、ありがとう。これで安心したよ」

と、それを丁寧にポケットに入れる宮永を見て、山崎は、内心で、甘い男だなと、思った。

あんな紙きれなど、実際には、何の役にも立たないではないか。こちらは、手紙がある限り、いくらでも宮永をゆすれるのだ。さっきは、二千万円という金額にびっくりして、もうこれ以上はいらないと思ったが、落着いてくると、いくらでも欲しくなってくる。ボールペンを走らせながら、山崎は、相手との約束など、くそ喰らえという気になっていたのである。

宮永は、そんな山崎の気持の動きなど、まったく読めないらしく、すっかり安心しきった顔になって、

「契約成立を祝って、乾杯しようじゃないか」

と、ウイスキーを運んできた。

本物のジョニ黒である。注がれるままに、グラスを口に持っていったが、

「まさか、この中に毒が入っているんじゃあるまいがね?」

と、用心深く相手を見た。宮永は笑って、

「そんなことをしたら、私は、また一つ君の死体を始末しなきゃならん。もう沢山だよ」

と、いい、自分が先に、美味そうに飲んで見せた。

山崎も、安心して、グラスをあけた。いける口だから、自然に、グラスを重ねた。

「もう、そろそろ、口紅をどこへ隠したか、いってくれてもいいんじゃないかね?」

と、宮永が、さいそくした。山崎は、ベッドに眼をやって、

「その下さ」

と、いった。

とたんに、宮永が、何故か、クスクスと笑い出した。

「何がおかしいんだ?」

山崎が、眉をしかめると、宮永は、手をふって、

「いや、別に」

と、いったが、まだ、笑っている。山崎は、当惑した表情になって、煙草に火をつけた。

「何がおかしいのか知らないが、そっちも、タネ明かしをして見せたらどうだい?」

「タネ明かし?」

「どうやって、女の死体を始末したかってことだよ。ロープを使ったんじゃないとすると、窓から、下の外堀へ突き落したのか?」

「とんでもない。そんなことをしたら、大きな水音がして、大騒ぎになってしまう」

「だろうな。だから、おれには、見当がつかないんだ。どうやったんだ？　え？」

「なんにも」

「なんにもって、何だい？」

「始末なんかしてないということだよ」

「何だって？」

6

「そんなに、眼をむきなさんな」

と、宮永菊一郎は、笑った。

「しかし、衣裳ダンスに入っていた死体は、どうしたんだ？」

「他へちょっと移しただけだよ。ベッドの下へね。だから、口紅のことで笑ってしまったんだ」

「じゃあ、まだ始末してないのか？」

「そういった筈だよ」

「どうやって、始末する気なんだ？」

今度は、山崎の方が心配になって、相手の顔をのぞき込んだ。

宮永は、また、楽しそうに笑って、

「それが、上手い方法が見つかったんだよ」

「どんな？」

「君もきっと納得してくれると思うんだがね。君の推測どおり、私は、別れ話のもつれから、あの女を絞殺してしまった。カッとなってやってしまったんだが、冷静になると、とんでもないことをやったと思ったし、死体の始末に途方にくれてしまった。君がいったような、ロープで外堀へ下す方法なんかも考えたんだが、上手くいきそうもなかった。昨日は、取りあえず、衣裳ダンスに押し込んで、テレビに出演したんだが、ホテルに戻って来ても、名案は、浮かばなかった」

「それが、どうして、急に名案が浮かんだんだ？」

「まあ、聞きたまえ。今日も、途方にくれているところへ、君からの電話があったんだよ。最初は、ますます、困ったと思った。だが、君に会って話しているうちに、急に名案が浮かんだのさ」

「だから、どんな名案だと、さっきから聞いているんじゃないか」

山崎五郎は、いらいらして、声を荒くした。

宮永の方は、変に落着き払って、グラスを口に運んでから、

「簡単な方法なのさ。君に手伝って貰えばいいと気がついたのだ」

「おれに？」

「そうだよ」

「おれが、死体の始末を手伝うなんて嫌だといったらどうするんだ？」

「いわせないよ」

「何だって？」

「これから、私は、あの女の死体をベッドの下から引っ張り出して、ホテルの屋上へ運ぶつもりだ。ここは、最上階だからね。階下へおろすのは大変だが、屋上へ運ぶのは、楽だからね」

「屋上から突き落すのか？」

「とんでもない。それなら、この部屋から突き落すのと大差ないじゃないか」

「じゃあ、屋上へ運んで、どうするんだ？」

「屋上に仰向けに寝かせておくだけだよ。両手を胸の上で合掌させてね」

「そんなことですむのか？」

山崎の声が、ちょっともつれた。

宮永菊一郎は、平然とした顔で、

「すまないね」

といった。

「だが、犯人がいれば別だよ。君は、あの女を殺し、その犯人をやって貰うことにしたんだ。君に、その女を殺し、世をはかなんで、このホテルから飛びおり自殺をするのだ」

「何だって?」

また、山崎の声が、ちょっともつれた。一体、どうしたんだろうか。

宮永は、小さく笑った。

「さっき君に、『もう何もいらない』と書いて貰ったろう。あれが、遺書になるわけだよ。ちょっとばかり、気がきいた遺書だとは思わないかね。女を殺して、自分は、遺書を残して飛びおり自殺というのは、よくあることだよ」

「くそッ。そんなことをさせるものか」

ソファから立ち上ろうとして、山崎は、ふらふらとよろめいた。

「おれに、何か飲ませたな? ウイスキーに何か混ぜやがったな?」

一生懸命に怒鳴っているつもりなのに、自分の声が、ひどく遠く聞こえた。

「睡眠薬を混ぜただけだよ」

と、宮永菊一郎が、平然とした声でいった。

「しかし、それなら、お前もウイスキーを飲んだのに――」

「私は、仕事に追われて、薬を飲まなきゃ眠れない時期があってね。睡眠薬が、だんだんきかなくなってしまったんだ。そのときは、困ったことだと思ったんだが、今度のことにはプラスになったよ。君は、だんだん眠くなって来ただろうが、私は、全く眠くないんだよ」

「くそッ」

相手につかみかかろうとして、山崎は、前にのめり、そのまま床に倒れてしまった。

身体も動かなくなってくるし、意識も、だんだん、もうろうとしてくる。

宮永菊一郎は、動かなくなった山崎に近づくと、ポケットを探って、小切手と手紙を取り上げ、灰皿の上で、焼き捨てた。

×

その日の夕刻。

何人かの人間が、新赤坂ホテルの屋上から落下する男の姿を見つけて、悲鳴をあげた。

即死だった。

警察が調べたところ、ホテルの屋上には、両手を合掌した形で死んでいる若い女が見つかった。

男の遺書があったことから、愛情のもつれで、男が女を絞殺したあと、飛びおり自殺したものと考えられた。

ただ、警察が首をひねったのは、男のポケットにあった鍵だった。

アパートの鍵でも、車の鍵でもなかった。

不審に思った刑事の一人が、その鍵のことを調べ始めた。

いつか刑事は、坂田老人に辿《たど》りつき、それから新赤坂ホテルの九〇一号室に辿りつくことだろう。

歌を忘れたカナリヤは

1

人気歌手が、過労で倒れるのが続いている。

美人歌手のKは、舞台の上で倒れ、そのまま、病院に運ばれた。過労からの肝臓障害をおこしたのである。

演歌で売っている男性歌手のYも、それが原因で、レコーディング中に倒れた。そして、二ケ月の静養。だが、Kにしても、Yにしても、病気が治れば、また、仕事に追いまくられ、また、過労から倒れることになるのだろう。

二十三歳の女性歌手、佐々木美沙子が声が出なくなったという噂が生れたときも、芸能記者のほとんどが、過労が原因だと考えた。

佐々木美沙子は、どちらかといえば、地味なシャンソン歌手で、実力はありながら、パッとした人気はなかったのだが、二ケ月前に出した新曲「紫の別離《わかれ》」が、ジワジワと売れ出し、各テレビ局の歌謡番組のベストテン上位に顔を出しはじめてから、急に脚光を浴びてきたのである。

〈実力歌手の登場〉

と、歓迎する評論家もいたが、佐々木美沙子が、スケジュールに追われ出したのも事実だった。

ホームドラマへの出演も持ち込まれたが、これは、歌を大事にしたいからと、断った。

そのくらいの節度は保っていたのだが、それでも、一日の睡眠が五時間という日が続いたりした。

その揚句の噂である。誰もが、過労と考えても無理がなかった。

事実、美沙子は、四谷のS病院に入院した。

芸能週刊誌の一つは、早速、ベッドと暗い顔をしている彼女の写真をのせ、「過労から声が出なくなって、暗然となる佐々木美沙子」と書いた。

スポーツ新聞の記者沢木も、デスクから、佐々木美沙子の取材を命じられた。

「過酷な芸能界の犠牲者の一人」

というのが、デスクの考え方だった。その考え方に従った記事を取って来ればいいのだが、沢木は、別の感じ方を抱いていた。

沢木は、美沙子が、無名に近い存在のときから、その歌の上手さに気がついていた。小さなナイトクラブで歌っていたとき、会いに行ったこともある。そのときのインタビュー記事は没になってしまったが、若いが堅実な考え方を持つ女性だという印象が残っていた。

スター街道を歩き出しても、浮わっついた気持は持たないだろうと考えていた。

歌が大事だから、テレビドラマには出ないと彼女がいったと聞いた時も、さすがに彼女だと思ったくらいである。

その佐々木美沙子が、急に、声が出なくなったという。誰もが、過労が原因だというのだが、沢木には、どうしても、信じられなかった。

2

沢木は、S病院に着くと、病室に美沙子を見舞う前に、担当の医師に会ってみた。

五十歳くらいの、落着いた感じの医師である。

「声が出ないというのは、本当なんですか？」

と沢木がきくと、医師は苦笑して、

「本当ですよ」

「過労が原因ですか？」

「原因が何と決めつけることはできませんがね。疲労気味だったことは、事実ですね。肝臓の方も、少し、弱っていたようですしね」

「急に、声が出なくなるということが、あるんですか？」

「ありますよ。原因もいろいろです。特に流行歌手の場合、のどを酷使するし、無理な発声法をすることもありますからね。野球選手が、ヒジを痛めて投げられなくなるのを職業病とすれば、歌手の職業病といえるかも知れませんね」

「一般論じゃなくて、佐々木美沙子の場合を聞きたいんですが、全然、声が出ないんですか？」

「そうです」

「のどをやられたんで、かすれた声しか出ないというんじゃないですか？」

「そうかも知れませんが、患者が、一言も喋らないので、どの程度なのか、診断しにくいのですよ」

「よくわかりませんが、声が出ないというんじゃなくて、彼女が、全然、喋らないということなんですか？」

「まあ、そうですね」

医師の表情があいまいなものになった。あまり詳しいことは、話したくないような顔つきだった。佐々木美沙子の属している太陽《サン》プロか、彼女のマネージャーから、口止めされているのかも知れない。そう考えると、沢木は、余計に、真相が知りたくなった。

「はっきりさせたいんですが、彼女の声帯はどうなんですか？　腫《は》れているとか、傷がついているとか、声が上手く出せない状態なんですか？」

「声を出そうと思えば、出せない状態ではないと思うんですがね。実際は、彼女は、一言も喋らないし、付き添っているマネージャーは、過労で、声が出ないといっていますからね」

(おかしいな)

と、沢木は、思った。マネージャーとか、芸能プロの責任者は、歌手が過労気味でも、大丈夫だと、主張するものである。それなのに、今度に限って、マネージャーの方から、過労で、声が出なくなったといっているらしい。

「先生は、声を出そうと思えば、出る状態だといいましたね?」

「そうです。しかし、身体全体が、かなり疲れていることも事実ですね。声帯がやられていなくても、歌えないということは、十分にあり得ることですよ」

「しかし、それから、過労で入院というわけでしょう。佐々木美沙子の場合は、声が出なくなったので入院したと聞きましたがねえ」

「声が出ないことも事実ですよ。とにかく、喋れないのですからね」

「歌えないだけじゃなくて、一言も、喋れないいんですか?」

「そうです。正直にいえば、医者の私にも、原因がわからないのですよ。過労が原因なのか、それとも、他に原因があるのか」

「他の原因というと?」

「子供に、自閉症というのがあるのを、ご存知でしょう。自分の世界にだけ閉じ籠ってしまって、ほとんど喋らなくなってしまう子供です。外の世界に、うまく溶け込めないわけです」

「しかし、彼女は、子供じゃありませんよ」

「そうですが、大人でも、同じような症状を起こすことがありますよ。例えば、歌手なんかで、どうしても、芸能人の世界になじめなくて、孤独になっていくとか、自殺を図るとかです。自殺する代りに、自分のカラの中に閉じ籠って、他人と口をきかなくなるとかです」

「彼女がそうだというんですか？」

「そうは、断定しませんがね。彼女の場合は、精神的なものと、肉体的な疲労とが重なっているんじゃありませんかね」

相変らず、医師は、あいまいないい方をした。

沢木は、礼をいって、三階にある彼女の部屋へ足を運んだ。

彼女は、鈴木文子という本名で入院していたが、それでも、廊下には、花束を持った四、五人のファンが、「面会謝絶」の札の前で、うろうろしていた。

沢木は、構わずに、ドアをあけて、病室に入った。

ベッドの横にいたマネージャーの白石が、あわてて立ち上がり、

「彼女は、今、眠っているんだ」

と、沢木にいった。白石は、プロダクションから、佐々木美沙子につけられたマネージャーで、なかなかのやり手だった。まだ三十二歳だが、頭は禿げかかっている。「苦労しているからね」というのが、白石の口癖だった。

沢木は、ベッドに眼をやった。佐々木美沙子は、眼を閉じ、軽い寝息をたてていた。だがその寝顔は、ときどき、ゆがむようだった。

「鎮静剤でも注射したのか？」

沢木がきくと、白石は、彼を、病室の隅へ連れて行ってから、

「すごく神経質になっていて、自殺でもされちゃかなわないんで、注射して、眠らせたんだ」

「自殺とは大袈裟だな」

「いや、大袈裟じゃなくて、本当に、自殺しかねないんだ。まあ、無理もないんだがね。ここへ来て、急にフットライトを浴びたのに、肝心の声が出なくなっちゃったんだからね」

「どうして、声が出なくなったんだ？」

「そりゃあ、過労が原因だよ。マネージャーの僕がいうのはおかしいんだが、殺人的なスケジュールだったからね、何とか、うまく調整しようとしたんだが、いったん売れ出すと、そうもいかなくてね。それに、彼女自身、スターの位置を固めたくて、少々無理なスケジュールでも、こなして行こうとしていたんだ。その無理が来たんだろうね」

「しかし、歌のために、彼女は、ホームドラマの出演を断ったくらいなんだろう？」

「あれは、僕が断ったんだ」

「ほう」

と、沢木は、変な顔をした。彼の得ていた情報と違うからである。白石は、肩をすくめて見せた。

「彼女が、断ったように伝えられているけどね。本当は違うんだ。彼女は、連続ドラマに出れば、人気が確定するといって、出たがったんだ。それを、僕が、諦めさせたというのが本当のところでね」

「わからないな」

と、沢木は、首をひねった。

「君や、君のプロダクションが、タレントの身体を心配して、出演交渉を断ったなんて、初耳だからねえ」

「僕たちは、鬼でもないし、あんたたちがいうような猿廻しでもないよ。タレントあってのマネージャーだし、タレントあってのプロダクションだからね。タレントの身体には気を使うよ」

「ふーん」

「正直にいうとね。ドラマの出演交渉があったとき、すでに、彼女は過労気味だったんだ。自分じゃ、気がついていないようだったがね。意外に、彼女は、身体が弱いんだよ」

「そう見えないがね」

と、沢木は、ベッドに眼をやった。が、そのとき、ふいに、彼女が、小さな呻き声をあげた。

3

沢木は、病室を出た。廊下にいたファンが、彼女のまわりに集ってきて、

「病気はどうなんです？　大丈夫なんですか？」

と口々にきいた。

「まあ、大丈夫だよ」

と、沢木は、短くいって、彼等の輪から脱け出したが、病院を出たところでまた、首をかしげてしまった。

沢木の知っている佐々木美沙子とは別人の感じがしてならなかったからである。

沢木の知っている佐々木美沙子——といっても、会って話を聞いたのは、二、三度でしかないのだが、その時の印象では、浮わついた人気に溺れるような女には見えなかった。その印象と、白石の話す彼女とは、違っている。

（それに）

と、沢木は、歩きながら考えた。

白石は、過労で声が出なくなったと断定しているが、医者の話は、妙にあいまいだ。声を出そうと思えば、出せる筈だというようないい方もした。

どちらが正しいのか、今の段階では判断がつかないが、沢木には、過労からという白石の言葉が、どうも納得できなかった。

何故なら、佐々木美沙子の歌い方自体が、演歌のような絶唱調ではなく、楽に声を出す歌い方だったからである。ヒットした「紫の別離」にしても、彼女は、余裕を持って歌っていたような気がする。

沢木は社に帰ろうとして、途中から中央テレビ局に廻ってみることにした。

佐々木美沙子が、声が出なくなる直前に出演したのが、中央テレビの深夜番組だったからである。

沢木は、テレビ局で、番組担当の後藤ディレクターに会った。

後藤は、地下にある喫茶店に、沢木を誘ってから、

「佐々木美沙子のことでは、僕も、何となく不思議な気がしているんだよ」

と、小さな声でいった。

「あれは、確か、生《なま》番組だったね？」

「そうだよ」

「ディレクターの君が見て、彼女は、過労気味に見えたかい？」

「そうだなあ」

と後藤は、ゆっくり煙草に火をつけてから、

「多少は、疲労気味に見えたね。だが、今のタレントは、誰も彼も、疲労気味だからね。そんな中じゃあ、彼女は、元気の良い方だったんじゃないかな。血色もよかったしね」

「あれは僕もテレビで見ていたんだが、番組の中で、彼女は、二曲歌ったんだったね？」

「そうだよ」

「僕には、声に張りがあるように聞こえたんだがね。あれは、ちゃんと歌ったんだろう？　テープを回しておいて、口だけパクパクとは、違うんだろう？」

「そうだよ。ちゃんと歌ったよ。彼女はポッと出のタレントと違って、そういう点は律義だからね」

「あの番組が終ったあと、彼女はどうしたんだ？　翌日に、声が出なくなって、入院しているわけだからね。何かあったんじゃないかという気がするんだ」

「あの日、仕事が完全に終ったのが、午前一時半頃だったと思うんだ。そのあとで、一緒に飲みに行かないかと、彼女を誘ってみたんだ」

「それで？」

「別に下心があって誘ったわけじゃないんだけど、見事にふられちゃってね」

と、後藤は、頭をかいた。

沢木は、また、首をひねった。ディレクターには、女癖の悪い人間もいるが、後藤は、悪い噂のたたない方である。好人物だといわれている。それに、佐々木美沙子の方も、人づき合いのいい方だった筈だ。

「疲れていたから、帰ったのかな？」

と、沢木がきくと、後藤は、ニヤッと笑った。

「いや。そうじゃなかったみたいだね」

「誰かと一緒だったというのかい？　決った恋人がいるという話は、聞いたことがなかったがね」

「だが、いるんだよ」

「何故？」

「僕をふってから、楽しそうに、タクシーを呼んで帰って行ったからね。あれはどこかで、男と会ったんじゃないかな」

「家へ帰ったのかも知れないじゃないか？」

「いや。違うね」

「何故、わかるんだ？」

「僕は、他のスタッフといつもの店へ行って飲んだんだけど、途中で、ちょっと彼女のマンションに電話を入れてみたんだ。そしたら、まだ帰ってなかったからね」

「マネージャーの白石と一緒だったんじゃないのか？」

「あれも、あの日はふられた口でね。僕たちと一緒に飲んでいたよ。彼女は、マネージャーにも、ひとりで帰りたいといったそうだ」

「のどの変調を自覚していて、ひとりでどこかの病院へ行ったんじゃないのかね？」

「それは、ちょっと考えられないな。午前一時すぎじゃあ、病院があいているわけがないし、それに、彼女は、楽しそうな顔をしていたからねえ。のどを気にしていたら、もっと暗い顔をしていた筈だと思うがね」

「だが、次の日、彼女は、声が出なくなって、入院してしまったんだろう？　そこが、どうもわからないんだがね」

「僕にも、わからないよ」

と、後藤は、肩をすくめ、中央テレビでも、彼女の出演番組があるので、弱っているのだといった。

4

　その日の午後四時に、佐々木美沙子の属するプロダクションが、芸能記者を集めて、簡単な会見をやった。

　彼女が歌えなくなったことについて、いろいろな噂が流れたためらしい。

　マネージャーの白石も出席していたが、プロダクションを代表して喋ったのは副社長の奥田洋一郎だった。

　まだ三十歳だが、糖尿病で倒れた義父の社長に代って、プロダクションを経営している男である。

　奥田は、佐々木美沙子の入院について、いろいろと噂が立っているのは、私の不徳の致すところだと頭を下げたあと、診断書のコピーを、記者たちに配った。

「その診断書にあるとおり、佐々木美沙子は、過労から一時的に、歌えなくなっただけのことです。一ケ月もすれば、完全に復帰できる筈です」

「過労以外に原因があるんじゃないですか？」

　と、沢木が質問すると、奥田は、神経質そうに、金ぶちの眼鏡に手をやってから、

「いろいろと、もっともらしい噂が流れていますが、過労以外に原因はありません」

「しかし、彼女が、それほどハードスケジュールだったとは思えませんがね？」

「そうかも知れません。しかし、今まで、地味に仕事をやってきた彼女にとって、ここ数ケ月は、ハードスケジュールだったと思うのですよ。そのことに、われわれも配慮が足らなかったと、反省しているんですが」

「最後の仕事は、中央テレビの深夜番組でしたね?」

「そうです。『二三時のミュージック』です」

「そのときは、とても元気だったように聞いていますが?」

沢木が、後藤ディレクターとの会話を思い出しながら聞くと、奥田は、また、眼鏡に手をやった。

「疲れていたが、売り出したばかりなので、精一杯、気張っていたのかも知れません」

「プロダクション側にも問題があるんじゃありませんか? 今度の佐々木美沙子を含めて、おたくの歌手が、これで三人、続けて倒れているでしょう。その点は、どうなんですか?」

他の記者が、皮肉なきき方をした。

沢木は、これは、答えが見ものだと思って、奥田の顔を見直した。奥田の強気な性格から考えて、激しい言葉を返してくると思ったのだが、驚いたことに、奥田は、「おっしゃる通りです」と、あっさり肯いた。

「うちの会社から、三人もの歌手が病気で倒れたことについて、責任者として、十分に反省しております。われわれとしては、タレントのために、良かれと思って、仕事をあっせんしているわけですが、結果的に、ハードスケジュールになったということは、まずかったと思っています。これからは、タレントの健康管理を第一に考えたいと思っています。それで取りあえず、S病院のM先生に、うちの嘱託医《しょくたく》になって頂きました」

沢木は、奥田の言葉に、S病院で会った温厚な感じの医師の顔を思い出した。この診断書を書いたのも、あの医者だろう。奥田は、嘱託医になって貰ったというが、ズバリといえば、医師を一人買収したということではないのかという気が、沢木にはした。

S病院で会った医師は、沢木に、疲労だけが原因とはいい切れないというようなことをいった。だが、配布された診断書には、ハッキリと、過労による一時的な声帯の腫《は》れと書いてあるからである。

記者会見が終って、沢木が、外へ出たところへ、中央テレビの後藤が追いついてきた。

「どうなってるのかね」

と、後藤は、並んで歩きながら、沢木に向って、肩をすくめて見せた。

「今日の奥田は、やけに低姿勢じゃないか。あんな奥田を見たのは、初めてだよ」

「僕もさ」

と、沢木は、肯いた。だが、急に立ち止まって、

「二三時のミュージックのあと、佐々木美沙子は、ひとりで、タクシーに乗って帰ったといったね？」

「ああ。僕がふられたわけさ」

「タクシーは、テレビ局と契約している会社のものを使っているんだろう？」

「そうだよ」

「彼女が乗ったのは、どこのタクシー会社のものだった？」

「何故、そんなことを聞くんだ？」

「ちょっと、調べたいことがあるんだ」

「あの診断書に、疑問を持ったわけか？」

「まあ、そんなところだ。どこの会社のタクシーだった？」

「あれは、確か、西京タクシーの車だったよ。ナンバーは覚えていないが、運転手は、四十五、六

の男だったね」

5

西京タクシーの営業所は、渋谷区代田橋にあった。

先週の火曜日に、中央テレビで、佐々木美沙子を乗せた運転手というと、すぐわかった。

沢木が、三十分ばかり待っていると、井上という中年の運転手が、夕食に戻って来た。

沢木は、相手に、千円札を一枚にぎらせてから、

「佐々木美沙子を、どこまで運んだか教えて貰いたいんだがね」

と、頼んだ。井上運転手は、何故か、ニヤッと笑って、

「どこへ行ったと思います?」

「さあ、わからないな」

「乗ったとたんに、甲州街道を西に行ってくれっていわれましてね。八王子近くまで走りましたよ。あの辺りに、西洋の城みたいな恰好のモーテルがあるんですが、そこで、おろしましたよ」

「モーテルでね」

「しばらく見ていたら、彼女、いそいそと入って行ったから、恋人が、車で先に来て待ってたんじゃありませんかねえ」

「成程ね」

と、沢木は、小さく肯いた。

佐々木美沙子は、もう二十三歳だし、かなりの美人だ。恋人がいても不思議はないし、仕事のあとで、恋人と、郊外のモーテルで会ったとしてもおかしくはない。

だが、その翌日、彼女は、声が出なくなって、

入院してしまった。モーテル行と入院との間に、何か関係があるのだろうか。

沢木は、西京タクシーの営業所を出ながら、どうしたものかと考えた。今日の記者会見を、そのまま信じて記事にすれば、それですむことであるからである。彼以外の記者は、恐らく、会見の模様をそのまま記事にするだろう。

沢木は、立ち止まって、煙草に火をつけた。甲州街道は、すぐそばを走っている。しばらく考えてから、運転手のいったモーテルを見てくる気になった。そこで、何も見つからなければ、それ以上、調べる気はなくなるかも知れない。

八王子までは、電車で行き、そこから、問題のモーテルまで歩いて戻ることにした。

運転手が、西洋の城と形容したモーテルはすぐわかった。かわいらしい感じのモーテルである。もうネオンがついていた。

駐車場には、すでに三台ばかり車がとまっていた。

沢木は、事務所をのぞいてみた。若い男が一人、退屈そうに漫画本を読んでいた。

沢木が、千円札をつかませると、青年は、ニヤッと笑った。

「先週の火曜日というより、水曜日の午前二時から三時頃だと思うんだが、ここへ、佐々木美沙子が来たのを覚えてないかな？　タクシーで来た筈なんだ」

「へえ。やっぱり、あれは佐々木美沙子だったのか」

と、青年は、眼をキョロリとさせた。

「よく似てるなあと思ったんだ」

「じゃあ、来たんだね？」

「来ましたよ。ここへ来て、一〇三号室はどこだって聞くから、教えてやりましたよ」

「そこには、男が来ていたんじゃないかな？」

「勿論、来ていましたよ。彼女より先にね」

「どんな男だった？」

「顔はよく覚えてないな。でも、乗って来た車は覚えていますよ。ポルシェ九一一。白色のね」

「それで？」

「それでって、彼女が、一〇三号室に入って——ああ。そうだ。夜明け近くに、ちょっと騒ぎがありましたよ」

「どんな騒ぎだね？」

「一〇三号室で、女の悲鳴がしたような気がしたんですよ」

「ほう」

「それで、気になって、一〇三号室をノックしてみたんです。そうしたら、男が顔を出して、何でもないって、怒鳴りましたよ」

「その時、彼女の方は、どうしていたのかわからないかね？」

「僕も、女の方が気になりましたよ。とにかく、女の悲鳴を聞いたんですから。それで、男の肩越しに、部屋の中をのぞいてみたんです」

そこまでいって、青年は、また、ニヤッと笑って、

「そうしたら、彼女が、まっぱだかで、突っ立っていましたよ。彼女、なかなか、いい身体をしてますねえ」

「裸で、立っていたのかね？」

「そうなんですよ」

「おかしいな」

「どこがおかしいんです？」

「普通の女なら、裸でいるとき、いきなりドアをノックされたら、あわてて何かまとうか、ベッドにもぐり込んでしまうかするだろうからね。少くとも、男の背後にかくれるぐらいのことはする筈だよ」

「身体に自信があるもんだから、僕に見せびらかしたんじゃありませんか？」

青年はニヤニヤ笑いながらいったが、勿論、沢木は、信じなかった。美沙子は、そんな性格の女ではない。

「その他には、何かなかったかね？」

「そうだなあ」

と、青年はあごに手をあてて、ちょっと考えていたが、「ああ。そうだ」と、大きな声を出した。

「毛布を盗まれたんですよ」

「毛布を？」

「そうなんですよ。部屋の掃除をするときになって気がついたら、毛布が一枚失くなっているんです。あの女が佐々木美沙子なら、弁償させてやりたいな」

「特別な毛布なのかね？」

「そうでもありませんがね。まあ、三千円くらいの毛布です」

「色は？」

「ここでは、全部、ピンク色の毛布を使っています」

「ピンク色ね」

「ねえ、あの女が、佐々木美沙子なら、弁償して貰えますね？」

「弁償は、僕がするよ」

沢木は、千円札を三枚取り出して、相手に渡した。

「何故、あなたが弁償してくれるんです？　彼女のマネージャーですか？」

「まあ、そんなところだ。ただし、このことは、内緒にしておいて貰いたいんだ。彼女がここに来たことも、毛布が失くなったことも、それから、裸で立っていたこともね」

6

翌日、沢木が、社に出て、調べたとおりをデスクに報告すると、デスクは、ギイギイ椅子をきしませてから、

「それで、どうだというんだね？」

と、せっかちに、結論を求めてきた。

沢木は、小さく咳払いをした。

「これは想像にすぎないんですが、佐々木美沙子が、声が出なくなってしまったのは、過労からではなくて、何か、激しいショックを受けたためじゃないかと思うんです」

「つまり、その、西洋の城みたいなモーテルでということかね？」

「そうです。事務室の男は、女の悲鳴を聞いたといっていますからね」

「すると、その男が、佐々木美沙子に、モーテルで何かしたということになるのかね？」

「そうではないと思います」

「何故？」

「彼女は、男に会うために、わざわざ、八王子のモーテルまで出かけたんです。そんな仲の男が、彼女に対して、何をやったって、悲鳴なんかあげませんよ。女というやつは、嫌いな男が相手だと、どんな小さなことにも悲鳴をあげますが、好きな

男だと、どんな非道《ひど》いことでも許すものですからね」

「なかなか心理学者だな」

と、デスクは、皮肉をいった。

「じゃあ、何故、彼女が、悲鳴をあげたり、裸で突っ立っていたりしたというのかね？」

「きっと、あのモーテルで、何か恐ろしいことを目撃したからだと思います」

「どんな恐ろしいことだね？」

「それは、まだわかりません。だが、モーテルで一緒だった男が、誰だかわかれば、全ての謎が解ける筈です」

「男は、誰だね？」

「わかりませんが、白色のポルシェ九一二を持っている男です」

「しかしね。彼女の周囲にいる男とすると、タレントか、プロダクションの人間だろう。白色のポルシェ九一二に乗っている男は、意外に多いんじゃないのか」

デスクは、ポルシェ好きの有名タレントの名前を、何人かあげてみせた。そういわれてみると、ポルシェの好きなタレントは多い。

だが、佐々木美沙子との関係で追っていけば、モーテルで一緒だった男が誰かわかるだろう。

「毛布の紛失は、どうなんだ？」

と、デスクが、机を、指先で叩きながらきいた。

「それも、佐々木美沙子の入院と関係があるのかね？」

「わかりませんが、恐らく、関係があると思いますね」

と、沢木はいった。

沢木は、デスクに、二日間の余裕を貰って、ポルシェ九一二の持主と、紛失した毛布の謎を解くことにした。

デスクがいったように、タレントで、ポルシェの持主は多かった。

佐々木美沙子に関係がありそうな男に限定しても、白いポルシェ九一二の持主は、三人もいた。

その三人について、沢木が調べている中に、次のような記事が新聞にのった。

〈奥多摩の山中で、若い女の死体発見〉

新聞の説明によれば、その死体は、裸で、地中に埋められていたという。死因は、絞殺によるものだとも書いてあった。

これだけのことならば、面白い事件だなと思っても、沢木は、特別な関心は抱かなかったろう。

沢木が、注目したのは、記事の中に、次のような説明があったからである。

〈――その死体は、ピンク色の毛布に包まれており――〉

7

裸にむかれた死体の身元は、なかなかわからないようだったが、警察は、指紋を、運転免許証の指紋台帳と照合した結果、新人歌手の大竹百合子であることを突きとめた。

歌手とはいっても、吹き込んだ曲はたった二曲だけで、それも、ほとんど売れなかったから、彼女の名前を知っている人は、ほとんどいなかった筈である。

だが、沢木は、知っていた。他の芸能記者の中にも、知っている者はいた筈だが、沢木の場合は、特別だった。ピンク色の毛布のことも知っていたからである。

大竹百合子は、佐々木美沙子と同じプロダクションに属していた。そのことも、沢木の関心をひいた理由の一つだった。

プロダクションの副社長奥田は、例によって、記者会見を開き、大竹百合子の死を聞いて驚いているといった。

「先週から、彼女が失踪したということを聞いて、心配していたのです。気まぐれな娘《こ》なので、ぷいッと、外国旅行へでも行ったんじゃないかと思っていたんですが、こんなことになって、驚いているところです」

「何故、彼女が殺されたと思いますか?」

と、沢木がきくと、奥田は、難しい顔をして、

「丸っきり、わかりません。とにかく、今は、警察の捜査に待つより仕方がないと思っています」

と、いった。

他の記者たちも、質問したが、当り障りのない質問に終始したのは、大竹百合子が、スターでないこともあったし、彼女の死と、佐々木美沙子の入院とを、結びつけて考えようとする者がいなかったせいもあった。

記者会見が終って、奥田が、立ち上がったとき、沢木は、近づいて行って、声をかけた。

「奥田さんは、白い、ポルシェ九一二を持っていますね?」

「ポルシェ?」

と、奥田は、びっくりした顔になって、

「持っていますが、それが、どうかしたんです

か？」

「一度、その車に同乗させて頂きたいと思いましてね」

「これからでもいいですよ」

と、奥田は、気さくにいった。

二人は、駐車場においてある車のところまで並んで歩いて行った。パールホワイトに塗られたポルシェだった。

沢木は、助手席に乗った。奥田は、ハンドルに手をおいて、

「どこまで、送りましょうか？」

「甲州街道へやってくれませんか。そこで、あんたに話したいことがあるんですよ」

「ほう」

と、奥田は、小さくいって、車をスタートさせた。

新宿から、甲州街道に出たところで、奥田は、

「ところで、話というのは、何です？」

と、きいた。沢木は、わざと、すぐには答えず、煙草に火をつけた。

「僕は、今、ちょっと変なことを考えているんですよ。それを、あなたに聞いて貰いたいと思いましてね」

「どんなことです？」

「歌を忘れたカナリヤのことです。医者も、あなたも、過労が原因だという。しかし、彼女の声が出なくなったのは、過労のためではなく、激しいショックのためだと、僕は考えているのです。何か、ひどい恐怖にさらされたために、一時的な言語障害にかかったに違いないとね」

「――――」

「彼女は、深夜のテレビ番組が終ったあと、男と

会うために、タクシーで、八王子近くのモーテルに行ったのです。恋人同士のデートにふさわしく、西洋の城のような感じのモーテルです。彼女は、そこで、男と会った。ところが、その男に捨てられたもう一人の女が、突然、押しかけて来たのです。そこで、どんなやりとりがあったのか、僕は知らない。男は、その女の首をしめて殺してしまったのです。佐々木美沙子の方は、それを見て、激しいショックを受け、言語障害になってしまった。そのショックが、いかに大きいものであったかは、女の悲鳴を聞いて、その部屋を事務員がのぞいたとき、裸の身体をかくそうともせず、呆然と立ちつくしていたことでもよくわかります。男は、死体を、そこにあった毛布で包み、車で、奥多摩の山中まで運んで埋めました。普通の毛布だったら、僕も気にならなかったかも知れませんが、ピンク色の毛布だったのが、犯人にとって、まずかったですね」

「――――」

奥田は、黙って、急に、車をとめた。

沢木は、彼の顔を見た。奥田の顔が、変にゆがんで見えた。

「僕が、その犯人だというんですか?」

と、奥田がきいた。沢木は、肯く代りに、「佐々木美沙子は――」と、いった。

「恐らく、あなたを、とても愛しているに違いない。あなたが、大竹百合子を殺すのを目撃し、警察に告げるべきだと思いながら、一方では、あなたに対する強い愛情が、それを拒絶した。心の中のそうした激しいかっとうが、彼女から声を奪ってしまったのだと、僕は思いますよ」

「――――」

「あなたが、警察に自首すれば、恐らく、彼女は、ほっとして、また歌えるようになると思いますね。あなたが、殺人を目撃した彼女を殺さなかったのも、やはり、彼女を愛しているからでしょう？違いますか？」

「――――」

奥田は、黙って、前方を見つめていた。沢木も、口を閉ざし、相手が決断するのを待った。

しばらくして、奥田は、ゆっくりと、エンジンをかけ、小さな声で呟きながら、車をUターンさせた。

「カナリヤは、歌を思い出してくれるかな」

ピンクカード

1

（これが幸福というものだろうか）

と、秋子は、ふと考える。

別に現在が不満ということではなかった。不幸な女の記事を新聞で読んだりすると、彼女たちに比べれば、私はどんなに幸福だろうかと思う。

若さの曲がり角といわれる二十五歳を一年前に過ぎたが、まだ十分に若い積りだし、若い身体をしていると思っている。子供が出来ないだけに、ウエストからヒップにかけての線だって、まだ崩れてはいない。

夫の竹村晃とは、二年前に、恋愛の末に結ばれた。職場結婚である。無口な男だが、それについて、別に不満は持っていなかった。男は、ぺらぺら喋るよりも、無口な方がいいと思うこともある。いや、そう思ったからこそ、竹村と結婚したのだ。

竹村は、先月の七日で二十九歳になった。背が高く、まあハンサムの方である。その上大企業のエリート社員となれば申し分ないのだが、それは高望みというものかも知れない。大きな商事会社に勤めているが、エリート社員ではなかった。地方の私大出で、上役と特別のコネもないから、せいぜい、課長止まりではあるまいか。

秋子は、別にそれを不満に思っているわけではなかった。むしろ、部長夫人や、重役夫人などになって、気の重い毎日を送るよりは、今の平凡な主婦の座の方が気楽でいいと思うこともある。

要するに、現在の生活に格別不満はないのだ。

それにも拘らず、ふっと、

（これでいいのだろうか？）

と、考えることがあるのは、何故なのだろう？

あまりにも、平穏無事すぎると、人間は、何か起きればいいと思うのだろうか。

それが、ぜいたくだということは、秋子も知っている。正月に、故郷の福島へ帰ったとき、

「あんまり毎日が平穏だと、時には、何か刺戟《しげき》が欲しくなるわ」

と母にいったら、こんこんと意見された。若い時の父は、なかなかの発展家で、女狂いに悩まされ続けた母にしてみたら、秋子の不満が、この上なくぜいたくに見えるに違いなかった。

理性では、よくわかるのだ。

ただ、秋子の感性が、時に、アバンチュールを求めてくる。それは、夫以上の男と浮気をしてみたいという具体的な願望ではなかった。そんなことは出来ないと、秋子は思う。だから、形のはっきりしない願望だった。

その日も、竹村を会社に送り出し、手早く朝食の後片付けをすませ、洗濯をしてしまうと、これといってすることもないままに、テレビのスイッチを入れた。

モーニング何とかいう番組が、若い主婦の意識調査というのをやっていた。秋子と同じ年ぐらいの若い主婦が二十人、ひな壇の上に並んでいる。

「一度でも、浮気をしてみたいと思ったことのある人は、スイッチを押して下さい」

と、司会者が、型にはまった質問をする。

そして、型にはまった答が、数字になって返ってくる。

「八十パーセントの方が、心の底に、浮気の願望をお待ちなんですねえ」

ボードビリアンでもある司会者が、驚いた顔で

いう。二十人の若い主婦たちは、ニコニコ笑っている。絶対に自分は浮気はしないだろうと確信しているからこそ、あんなにニコニコ笑っているのだろう。ちょっと嫌らしい。

自分も、あそこに座っていたら、きっと、ニコニコ笑いながら、スイッチを押したのではないだろうか。

秋子が、そう考えたとき、電話のベルが鳴った。

2

テレビをつけっ放しにしたまま、秋子は、受話器をつかんだ。

テレビでは、司会者が、

「浮気をするとしたら、どんな男性としたいと思いますか?」

と、新しい質問をしている。その画面に眼をやったまま、

「もし、もし」

「植木秋子さんですか?」

と、男の声がいった。

「いいえ。違います」

がちゃりと切ってしまってから、秋子は、植木は自分の旧姓だったのを思い出した。

しまったと思い、あわてて、受話器を取り上げたが、電話はもう切れてしまっていた。

植木秋子と、旧姓で呼んだところをみると、中学校か高校時代の同級生だろうか。どちらにも、ほのかな愛情を抱いた男の子がいたから、もし、彼等だったら、会ってみたい気もする。

午後の三時頃、また、電話が鳴った。

受話器を取ると、

「植木秋子さんかい？」

と、男の声がいった。昼前の男とは、声が違っていたし、喋り方も乱暴だった。

「ええ」

と、秋子は、昔の同級生の誰かだろうかと考えながら肯いた。

「あんた、いくつだい？」

男がきいた。昔の同級生だったら、年齢《とし》をきく筈がない。違うなと思いながら、

「何故、そんなことを、お聞きになるんですか？」

「いいじゃないか、そのくらい教えてくれたって」

「どなたですか？　あなたは」

「おれ？　おれは男さ」

「そんなことは、わかっています。どこのどなたかって、お聞きしてるんです」

自然に、切り口上になった。

「よしてくれよ」と、電話の向うで、男が舌打ちした。

「そっちが誘っといて怒ることはないだろう？」

「私が誘った――？」

「そうさ。誘いのカードを渡しといて、今更怒ることもないだろう」

「カード？」

「お電話下さいって、カードだよ。甘い言葉が書いてあってさ。だから、こうして電話したんじゃないか」

「そのカード、今、持っていらっしゃいます？」

「持ってるけど？」

「じゃあ、それを見せて下さい」

「ちょっと待ってくれよ。まさか、こんな詰らな

いことで、警察沙汰にしようっていうんじゃないだろうな？」

「ただ、見せて頂ければいいんです。お礼はします。今、どこにいらっしゃるんですか？」

「新宿だよ」

「じゃあ、これから新宿に行きますから、そのカードを見せて下さい」

「何だか、変な風向きだな」

「どこへ行けば、お会いできますか？」

「そうだな。西口の地下に、『パピヨン』って喫茶店があるんだ。そこにいるよ」

「じゃあ、四時までに行きます。目印になるようなものをお持ちですか？」

「英語版のプレイボーイを持ってるよ。本当に、あんた一人が来るんだろうね？」

「ええ。一人で行きます」


電話を切ると、外出の支度に取りかかった。

何かはっきりとはわからないのだが、自分にとって、困ったことが起きているのだけは感じ取れていた。

タクシーで、新宿に向った。

パピヨンという喫茶店は、すぐわかった。小さいがしゃれた構えの店だったことに、秋子は、内心、ほっとしながら、中に入った。もし、怪しげな感じの店だったら、どうしようかと、途中で心配していたのである。

若い学生風の男女が二組ばかり、窓際の席に腰を下して、楽しそうに喋っている。

秋子は、立ったまま、腕時計を見、店の中を見廻した。少し早く来てしまったせいか、それらしい男の姿はなかった。仕方なく、空いている席に腰を下し、コーヒーを注文した。

四時になり、五分、六分と過ぎていったが、プレイボーイの雑誌を持った男は現われない。気が変ったのだろうか。そうだとすると妙なカードのことがわからなくなってしまう。

秋子がいらだって、腰を浮かしかけたとき、二十五、六歳の男が入って来た。丸めた英文の雑誌を抱えて、キョロキョロと店内を見廻していたが、やがて秋子のテーブルに向って、まっすぐ歩いてきた。

抱えている雑誌は、確かにプレイボーイの英語版である。

「植木秋子さん?」

と、男がきいた。

秋子は、堅い表情で肯いて、相手の顔をじっと見つめた。

電話の話し方から、ひょっとして、街のチンピラでもあったら困るなと思っていたのだが、眼の前にいる青年は、長髪で、セーターの上に皮のジャンパーを着た、一見、芸術家の卵風だった。

電話では、秋子をからかうような話し方をしていたのに、変に堅い顔で、ウエイトレスにレモンスカッシュを注文している。それから、ぎごちない手つきで、煙草に火をつけた。

「どうも違うみたいだな」

と、男が呟いた。

「何がです?」

秋子が、切り口上できいた。

「何がって、あんたは、あんなカードを書く女には見えないってことさ。こいつは、何かの間違いだよ」

「そのカードというのを見せて下さい」

「これだよ」

と、男は、ジャンパーのポケットから定期券くらいのピンク色のカードを取り出して、秋子の前に置いた。

手に取った秋子は、そこに書かれている文字を読んだとたんに、すっと、血の気がひいていくのを感じた。指先が、かすかにふるえた。驚きと、怒りと、恐怖のためだった。


私は欲求不満の若い人妻です。

私と昼間のアバンチュールを楽しんで下さる男の方はいらっしゃらないかしら?

午前十時から午後三時までの間に電話して。お願い。失望はさせない積りよ。

植木秋子
TEL　378××××

男が、電話でいったとおりだった。いや、それよりもひどい文面ではないか。

「昨夜、おれが新橋の近くに車を止めておいて、仕事をすませて戻ったら、そのカードが、ワイパーのところに挟んであったんだ」

男は、レモンスカッシュを口に運びながら、秋子にいった。

秋子の前に置かれたコーヒーは、彼女が口をつけないままに、もう冷えてしまっていた。

「それでさ」と、男は、言葉を続ける。

「今晩おひま、みたいなカードは、よくあるんだ。そういうやつの一つだろうと思ったけど、若い人妻ってのが気に入ってさ。それに仕事をして、まとまった金が入ってたもんだから、カードの電話番号を回してみたんだ」

3

カードの文字は、はじめ、印刷されているように見えたが、よく見ると、黒いインクで、活字風に丹念に書いたものだった。

さぞや、根気のいる仕事だったろう。それほど、一字一字、きれいに書いてある。

男と別れ、カードを貰って家に帰ってからも、秋子はまだ、蒼い顔をしていた。

(誰が、そんな悪どいいたずらを?)

と、思う。

売春の一つの方法として、盛り場で、ピンクのカードがばら撒かれていることは、前に週刊誌で読んだことがあった。喫茶店で会った男がいった「今晩おひま?」といった文句のカードで、電話番号が書いてある。

その電話番号が、間違って書かれて、たまたま秋子の家の電話番号と一致してしまったのだろうか?

(そうじゃない)

と、秋子は、自分が立てた仮説を自分で否定した。

このカードには、麗々しく、植村秋子と、彼女の名前が書いてあるのだ。ピンクカードと、名前まで一致するなんてことは、あり得ないだろう。それに、午前十時から午後三時までに電話してくれるように書いてある点も違うだろう。ピンクカードなら、夕方から夜にかけての時間を指定する筈だ。

このカードは、自分に対する嫌がらせだと、秋子は、結論した。

午前十時から午後三時というのも、明らかに、秋子を知っている人間が、彼女に対する嫌がらせからカードを作った証拠だと思う。なぜなら、夫の竹村を会社へ送り出して、落着くのが午前十時頃だし、それから午後三時頃までは、たいてい家の中にいるからである。午後四時近くなると、夕食の買物に出かけることが多い。

犯人は、それを知っていて、カードに、午前十時から、午後三時という時間を書き、いやでも、秋子が電話に出るように仕向けたのだろう。

電話による嫌がらせがよく起きている。電話が鳴るので家人が出ると、何もいわずに切ってしまうというやつだ。だが、まだ、これは、犯人自身なり、共犯者が、ダイヤルを回している。ところが、このカードの犯人は、見知らぬ男たちに、結果的に大変な嫌がらせになる電話をかけさせているのだ。こちらの方が、ずっと、悪質だ。

（どうしたらいいだろう）

と、秋子は、カードを前において考え込んでしまった。

警察に知らせて、犯人を探してくれるように頼むのも、カードの内容が内容だから、気が引けるのだ。

六時半になると、夫の竹村が、会社から帰って来た。

（いっそ、夫に話して、どうしたらいいか相談にのって貰おう）

と、決めて、夕食の支度にかかった。

向い合って、食事をしながら、話すきっかけを待った。普通の相談ごとなら、相手が不機嫌でも話せるのだが、今度の場合は、何となく話しにくい。

竹村は、会社で面白くないことでもあったのか、ひどく不機嫌だった。日頃でも無口なのが、一層、口数が少なく、夕食がすむと、さっさと、自分の部屋に入り、ふすまを、ぴしゃりと閉めてしまった。

話すチャンスを失って、秋子は、食事の後片付を始めたが、お茶碗を洗いながら、ふと、

（夫は、あのカードを知っているのではないだろうか？）

と、思った。

竹村の働いている商事会社は、虎の門にある。喫茶店で会った男は、新橋近くに車をとめておいたら、カードがワイパーに挟んであったといった。

虎の門は、新橋の近くだし、夫の竹村は、車で通っている。犯人は、知らずに、彼の車に、同じカードを挟んでおいたのではないだろうか。

今日の不機嫌な原因は、そのためではないのだろうかと、考えたのだが、もし、あのカードが、夫の車に挟んであったとしたら、いくら無口な夫でも、まず、彼女に問いただすだろう。

この夜は、何となく、竹村に話しそびれてしまったが、翌日、昼頃になると、また、電話が鳴った。

一瞬びくッとしてから、秋子は受話器を取りあげた。電話のベルが、怖いと思ったのは、今度がはじめてだった。

「三七八局の××××番だね？」

と、確かめる中年の男の声が聞こえた。

「ええ。そうですけど？」

「いくらだね？」

「何がです？」

「人妻の君と、楽しく昼間のアバンチュールを楽

しむには、いくら持っていればいいのかね？　それに、変なヒモはついていないんだろうね？」

からみついてくるような中年男の声だった。秋子は、相手に身体を触られているような不快感に顔をしかめながら、

「カードをご覧になったんですのね」

「そうだよ。だからこうして、電話してるんじゃないか」

「そのカードは、どこで、いつ拾《ひろ》われたんですか？」

「昨夜、銀座近くにとめておいた車に放り込まれていたのさ。しかし、なぜ、そんなことをきくんだ？　警察でもあるまいに」

「こちらは警察です。そのカードは、すぐ焼き捨てて下さい。持っていると罰せられますよ」

秋子が、そういってやると、中年男は、あわてて電話を切ってしまった。

ほんのわずかだが、相手を驚かしてやったことで、秋子は、気が晴れた。しかし、すぐまた、気が重くなった。

驚いたのは、カードを作った犯人ではないからだ。犯人は他にちゃんといる。

昨日、今日で、三人の見知らぬ男から、電話がかかって来た。三人ですんでいるのは、カードが、あまり沢山作られていないからだろう。

しかし、犯人が、もし手書きをやめて、あれを何十枚、何百枚も印刷して、東京中にばら撒いたら、どういうことになるのだろう。多分、電話が、のべつまくなしにかかってくるに違いない。それに、近所の人たちがカードの一枚をもし手に入れたら、どういうことになるだろう？　人間というのは、誰も彼も噂好きで、他人の幸福よりも不幸

を喜ぶものだから、秋子が売春しているという噂が、たちまち、この辺り一帯に広まってしまうに違いない。植木秋子と旧姓になっていても、電話番号は正しく書いてあるのだから、彼女のことだと、すぐわかってしまうだろう。そうなってしまったら、いくら弁明しても、もう駄目だ。

秋子は、警察に話すことにした。

だが、どこの警察に行ったらいいのだろうか？ カードが配られていた銀座や新橋の警察だろうか。それとも、今住んでいる地元の警察だろうか。

迷った末、秋子は、地元の警察署に出かけて行った。いつだったか、地元の婦人会で、防犯の集いという行事があり、その時、訪ねて行って、親切に話をしてくれたことがあったからである。その時、応待してくれた刑事が、「困ったことがあったら、どんな些細なことでも構いません。相談に来て下さい」といったのを、秋子は思い出したのだ。

しかし、結論から先にいえば秋子が味わったのは、失望だった。

確かに、警察では、この前の鈴木という中年の刑事が話を聞いてくれた。

「そいつは、ひどい悪戯《いたずら》ですな」

「確かにお困りでしょう」

と、相槌《あいづち》も打ってくれはした。

だが、いざ、どう解決してくれるのかという段になると、鈴木刑事は、とたんに苦しげな表情を作った。

「正直にいうと、こういう事件は、調べるといっても、大変、難しいのですよ。貴女《あなた》に犯人の心当りでもあれば、その人間を調べてみるということは出来るんですがね。そうでないとなると、犯人の範囲があまりにも漠然としていて、どう調べたらいいかわからんのですよ。それに、カードが配られた場所が、銀座、新橋となると、そこの所轄署の仕事になりますしねえ」

鈴木刑事は、これといった実害がないと、警察は動けないともいった。秋子が、実際に困惑しているのに、警察では、そのくらいのことは、実害とは考えないらしい。

秋子は、新橋や銀座の所轄署に行く気にもなれず、がっかりして家に帰った。

あとは、夫に相談するしかないと思ったが、竹村は、急に出張だといって、その日の夕方、九州へ出発してしまった。大事な出張の直前に、変な話で夫を悩ませたくなかったので、カードのことは話さなかったのだが、昼過ぎになると、また、男から電話がかかってきた。

4

犯人は、相変らず、執拗に、カードを配っているらしい。

思いっきり乱暴に電話を切って、溜息をついた時、彼女の神経を一層いらだたせるように、また電話が鳴った。受話器を取って、いきなり、

「番号違いです！」

と、怒鳴ると、男の声ではなく、女の声で、

「何を怒ってるのよ。あたしよ」

「え？」

「会社で一緒に働いていた岡部冴子よ。二年ぶりに電話したのに、いきなり怒鳴るなんて、どうなってるの」

その声は、まぎれもなく、ＯＬ時代の同僚だっ

た岡部冴子のものだった。

「ごめんなさい」と、あわてて謝ってから、

「丁度よかった。相談にのって貰いたいことがあるの」

「どんなこと？」

「電話では話せないわ。うちへ来てよ」

と、秋子はいった。

夕方になって、岡部冴子は、会社の帰りだといって、訪ねて来た。

二年ぶりに会う冴子は、以前と少しも変っていなかった。理知的な美しさも、冷たい感じの笑顔も。秋子も、自然に、自分のＯＬ時代を思い出した。

「まだ結婚なさらないの？」

と、秋子がきくと、冴子は、あの冷たい感じの笑い顔になって、

「残念ながら、貰ってくれる人がいないの。ところで、電話では話せないことって、どんなこと？」

「ちょっと待ってて」

と、秋子は、奥に行き、タンスの引出しから、例のピンク色のカードを持って来た。

「これを見て」

「植木って、あなたの結婚前の姓じゃないの」

「そうよ。ひどい悪戯なのよ。おかげで、毎日、毎日、男の人から電話がかかってきて、このままじゃあノイローゼになってしまうわ。警察に行っても、調べてくれないし、どうしたらいいかわからなくて、困っているのよ」

「おかしな人ね。ご主人に相談すればいいじゃないの。竹村さんは、あたしも知ってるけど、男らしくて、頼りになる人よ。そうでしょう？」

「でも、昨日から九州へ出張しちゃってるし――」

「出張って、誰が？」

「主人よ」

「おかしいわ」

と、冴子が、首をかしげた。

「何が？」

「うちの局の出張命令は、全部あたしがタイプすることになっているんだけど、竹村さんの出張命令は出ていなかったわ」

「まさか――」

「本当よ。嘘だと思うのなら、明日、会社に電話して聞いてごらんなさい」

「ええ」

「秋子さん。こんなことはいいたくないんだけど、今でも、竹村さんに本当に愛されているという実感があって？」

「なぜ、そんなことをきくの？」

秋子が、きき返すと、冴子は、

「怒ると困るんだけど、あたしは、竹村さんと同じ局にいるでしょう。いろいろと、噂が耳に入ってくるのよ」

「どんな噂？」

「怒らないでね」

「怒らないから、話してよ」

「どこかのバーのホステスと怪しいとか、仲がいいとかいう噂もあるけど、こんな噂は、どうってことないわ。でも、竹村さんの場合は、四谷三丁目近くのアパートから、若い女に送られて出て来たという具体的な話を聞いたの？」

「そんな筈はないわ」

「あたしだって、そう思うわ。でもね。『双美荘』って、アパートの名前まで出ているの」

「まさか——」

「そうよね。あなたがいるのに、竹村さんが、浮気なんかする筈がないわね」

と、冴子は、いってくれたが、秋子の心は、もう、深い疑惑に包まれてしまった。そういえば、最近の夫の様子は、どこかよそよそしいと思う。夫婦の営みだって、一週間に一回ぐらいになってしまった。結婚後二年もたったたし、仕事が忙しくて疲れているのだからと思っていたのだが、あれは、他に女が出来たからだったのだろうか。

もう、ピンクのカードのことどころではなくなってしまった。

翌日、秋子は、会社に電話した。

竹村の直接の上司である課長の上条に出て貰った。

「急に主人に連絡しなければならないことが出来てしまったんですけれど、主人は、九州のどこのホテルに泊っているんでしょうか？」

「出張？　そんな筈はありませんよ」

と上条はいった。

「竹村君は、四日間休暇をとっているんです。私は、てっきり奥さんと旅行に出かけたと思っていたんですがね。そんな口ぶりでしたからね」

「そうですか——」

呆然として、秋子は、受話器を置いた。冴子の話には、半信半疑だったが、彼女の話は本当だったのだ。

秋子は、気を取り直すと、四谷三丁目に出かけてみることにした。

双美荘というアパートは、すぐに見つかった。新築のアパートだった。

秋子は、管理人に、竹村の写真を見せた。

「ここに部屋を借りている若い女の人のところに、この男の人が、時々、訪ねて来る筈なんですけど」

と、秋子がきくと、五十五、六の管理人は、眼鏡をかけ直して、じっと、竹村の写真を眺めていたが、

「この人、N商事の人じゃありませんか？」

「ええ。そうですけど」

「やっぱり、あの人だ。三ケ月前の日曜日でしたよ。若い男の人と女の人が、連れだって部屋を借りに来ましてね。似合いのカップルなんだけど、夫婦という感じじゃないんですよ。女の人が、部屋を借りたんだけど、わたしに、『彼はN商事のエリート社員なのよ』と、自慢そうにいったことがありましてね。それで覚えているんです」

「その女の人は、今、どの部屋に？」

「もう引越しましたよ。『あの人が、素敵なマンションを見つけてくれたの』と、わたしに、おのろけみたいなことをいいましてね。だから、一ケ月しか、住んでいませんでしたね」

「どんな女の人でした？」

「名前は、松崎あき子さんでしたよ。化粧の派手な人でしたねえ」

「男の人は、よく来てたんですか？」

「さあ。管理人が、のぞき見みたいなことをすると、嫌われますからねえ」

管理人は、ニヤッと笑って見せた。

5

（夫に裏切られていたのだ）

と、秋子は思った。

彼女には、九州に出張と嘘をついた。きっと、松崎あき子とかいう女と一緒なのだ。一緒に、温泉へでも行ったのかも知れない。妻の秋子が、変なピンクカードのことで悩まされている時に。

秋子は、家に戻ると、竹村が書斎に使っている四畳半の部屋に入った。

女との浮気の証拠が、どこかにあるに違いないと思ったからだった。

女からのラブ・レターが見つかるかも知れない。見つかったら、それをどうするかわからないままに、机の引出しをあけた。

今まで、夫の竹村を疑ったことなんかなかったし、夫に来た手紙を無断で読んだりしたことは、一度もなかった秋子だった。

右側の引出しから、茶色い封筒が見つかった。

近くのS区役所の封筒である。

秋子が、区役所に行ったのは、竹村と一緒に、結婚届を出しに行った時だけだった。その後、区役所には行ったことがない。

(それなのに、何故、こんなところに、区役所の封筒があるのだろう?)

と、怪しみながら、秋子は、封筒の中身を取り出した。

一枚の用紙が出てきた。

とたんに、秋子は、いきなり頭を殴られた気がした。

それが、「離婚届」の用紙だったからだった。

しかも、竹村という夫の印鑑は、すでに押してある。その判は、まぎれもなく、竹村が、会社へ持っていっている印鑑だった。

秋子の顔が、真っ青になった。

彼女に内緒で、女を作っていたばかりか、秋子との離婚さえ考えていたのだ。こんな裏切りがあるだろうか?

秋子は、離婚届の用紙を引き裂いて投げ捨ててから、左側の引出しに手をかけた。

もう、どんなものが出て来ても、驚きはしないと思いながら、あけてみたのだが、秋子は、また、「あッ」と小さく声をあげてしまった。

そこに、あのピンク色のカードが五枚、ゴムで束ねて入っていたからである。

五枚の中、四枚は、何も書いてなかった。が、一番上にのっていた一枚は、書きかけだった。

私は欲求不満の若い人妻です。

と、そこまで書いてある。印刷された活字のような字は、前に見たものと、全く同じだった。

ピンクカードの犯人は、夫の竹村だったのか。

植木秋子と、旧姓を書いていることから、結婚前につき合っていた誰かが犯人かも知れないと思っていたのだが、考えてみれば、夫の竹村だって、彼女の旧姓は知っていたのだ。

なぜ、竹村が、こんなピンクカードを作ったのか。なぜ、こんな卑劣な真似をしたのか。その理由は、もうわかっている。

離婚のためだ。

自分で勝手に女を作り、秋子に離婚を迫ったところで、彼女が承知する筈がない。たとえ承知しても、莫大な慰謝料を要求されると考え、こんな卑劣な方法を思いついたのだろう。

意味ありげなピンクカードを、車のワイパーに挟んだり、車内に投げ込んでおいたりしたのは、車のオーナーなら、多分、金もあり、秋子が、ふと、アバンチュールを楽しみたくなるかも知れないと計算したに違いない。

とすると、四日間の休暇を取り、秋子には、九州出張と嘘をついたのも、ただ単に、女と旅行を楽しむためとは思えなくなってくる。

第一に、出張といって秋子を安心させ、男の電話によろめき易くさせるのが目的だったろうが、他にも、目的があったのではあるまいか。

竹村は、九州に出張したと見せかけて、本当は、東京にいて、秋子を監視していたのではないのか。

監視していて、もし、秋子が、男の誘いにのって外出したら、それを尾行するつもりだったのではないだろうか。

（カメラ！）

と、思った。

秋子が、男と会っているところを、離婚のタネにしようとすれば、一番いいのは、証拠写真を撮ることだし、そのためには、カメラが必要だ。

秋子は、竹村がいつもカメラをしまっておく棚を探したが、やはり、カメラはなくなっていた。

6

四日目の夜おそく、竹村は帰宅した。

恐ろしく不機嫌で、疲れ切った顔をしていた。秋子が、思いどおりに動かなかったためだろう。

「お話があるの」

と、秋子が、思い詰めた気持でいっても、竹村は、

「とにかく疲れているんだ。話は、明日にしてくれないか」

と、いい、さっさと、布団にもぐり込んでしまった。

そんな夫の態度が、秋子の気持を決定的なものにした。竹村を憎んでも、殺そうという気は、まだなかったのだ。夫が、素直に謝ってくれたら、きれいに別れてやってもいいとさえ考えていたのだ。

それなのに、竹村は、話し合おうともせずに寝てしまったのだ。その無神経な寝息を聞いている中に、秋子の胸に殺意が芽生えていった。

秋子は、彼の枕元に灰皿を置き、顔をしかめながら、煙草の吸殻を何本も作った。最後に、火のついたままの煙草を、布団の上に放り捨てた。

空気が乾燥しているせいか、しばらくくすぶっているとみている中に、ふいに、真赤な炎をあげて燃えあがった。


秋子自身も、煙にまき込まれて、危うく命を落すところだったが、駈けつけた消防隊員に助け出され、近所の病院に運ばれた。

家は完全に焼け落ち、焼け跡から、焼死体となった竹村が発見された。しかし、警察は、竹村の寝煙草が火事の原因で、逃げおくれて死んだものと断定した。

秋子は、それを、病院のベッドの上で、新聞記事として知った。

入院して二日目の夕方、岡部冴子が訪ねてきた。

「あたしね。今度、会社を辞めることにしたの。だから、今日は、お見舞いとお別れの両方で来たのよ」

と冴子は、枕元に腰を下して、秋子にいった。

「故郷《くに》へ帰るの?」

「ええ」

「結婚するわけね？」

「まあね」と、冴子は、あいまいに笑った。

「これは、お別れの記念に差しあげるわ。あたしが帰ってから、開けて見てね」

冴子は、薄い箱を置いて、帰って行った。

秋子は、ベッドの上に起き上って、その箱を開けた。一番上に、手紙が入っていた。その手紙は、いきなり、「あなたは馬鹿だわ」という言葉で始まっていた。

あなたは馬鹿だわ。

竹村さんを殺すことはなかったのよ。こう書けば、頭のいいあなたのことだから、もうおわかりの筈ね。

あのピンクカードを作ったのは、この私。

何故、そんな真似をしたのかも、おわかりね。

二年前、あなたが竹村さんと結婚したとき私も、彼が好きだった。でも、負けず嫌いの私は、一言もいわなかったから、あなたは知らなかったと思うけど。

その時から今まで、私は、彼を思い続けてきた。ということは、いつか、あなたから彼を奪おうと思い続けてきたということよ。

そのために、私は、計画を立て、それを実行したの。アパートを借りたいから、一緒に見に来てくれないと、頼んで、来て貰ったのもその一つだったわ。もちろん、アパート住いが目的じゃなくて、彼に女がいると、あなたに思わせるのが目的だった。だから、双美荘を借りた松崎あき子というのは私よ。

会社では、殆《ほとん》ど化粧をしない私が、あのアパートでは、いつも厚化粧していたわ。別人と思わせるためにね。

そして、あのピンクカード。我ながら、いい思いつきだと思ったわ。植木秋子と旧姓にしたのは、彼の竹村姓を、あなたの名前につけるのが癪《しゃく》だったからよ。

カードは、彼の車にも挟んでおいたわ。案の定、彼は、私に相談してきた。あなたがカードのことを知る前に、犯人を見つけ出したいってね。だから、私は教えてやったの。三日でも四日でも、休暇をとって、犯人を見つけ出し、証拠の写真を撮って、警察に知らせなさいってね。奥さんが心配するといけないから、出張ということにしておきなさいともね。

彼はその通りにしたわ。

そのあとで、あなたに電話したら、あなたも、案の定、私にカードのことで相談を持ちかけてきたわ。

私は、相談にのるふりをして、あなたの家へ行き、あなたが、カードを取りに奥へ行った隙に、彼の机の引出しに、書きかけのカードと、離婚届の用紙を投げ込んでおいた。

あなたは、私の仕掛けた罠に、見事にはまった。

でも、私の計画は最後に失敗した。私が、あなたは怒って、彼と別れると思ったのに、彼を殺してしまったからよ。

あなたは、馬鹿だわ。

あなたの馬鹿のおかげで、私も、彼を失ってしまった。

彼のいない東京なんて、意味がないから、私は、会社を辞めて、故郷へ帰ることにしたわ。あなたが、彼を殺したことは誰にもいわないから安心しなさい。
同封のカードは、使い残した分全部。
もう、男から電話はないわ。
馬鹿な秋子へ
馬鹿な冴子より

仮面の欲望

1

坂口良介は、気の弱い男だった。自分でもそう思っていたし、妻の章子も、会社の同僚も、そう見ていた。

坂口は、それを生れつきと考えていた。五、六歳の時の記憶は、暗く、みじめなものだった。いつも、誰かにいじめられていたような記憶がある。子供というのは残酷なもので、弱虫の子が一人いると、みんなが、寄ってたかって、その子をいじめるものだ。

小学校に入っても、事態は変らなかった。四十歳になった今でも、時折、思い出して、胸が痛くなるのは、小学六年生のとき、下級生に殴られて泣かされてしまった記憶である。男の子の世界で、こんな屈辱的なことはない。恥しくて、二週間ばかり、学校を無断で休んでしまった。

成人しても、事態は変らなかった。

友人に殴られることはないが、それは、坂口が、自分から相手に対して喧嘩を仕かけないからである。

喧嘩は、多分に、体力よりも気力が支配する。子供の時もそうだったが、大人になってからも、坂口は、自分より小さな相手に対してさえ、恐怖が先に立った。

これは、腕力に訴えるような喧嘩の場合に限らない。いわゆる口喧嘩の場合も同様だった。男として、はっきりいわなければならない時にも、坂口は、その相手と向い合うと、いつも畏縮してしまうのである。

自分の気の弱さや、臆病さに、自分で腹を立てたことが何度あったかわからない。

大学を出て、坂口は、ある電機メーカーに就職したのだが、最初に配置された職場に、小生意気な男がいた。坂口と同じ新入社員なのに、朝、廊下で会っても、向うから先に挨拶したことがないし、ぶつかりそうになっても、よけようとしない。坂口は、しゃくに障りながらも、この男と廊下で会うと、いつも、こちらから身体をよけてしまうし、先に、「おはよう」と、挨拶してしまうのだ。

(明日こそ、廊下で会ったら、一歩もさけずに、相手に、先によけさせてやろう。一度くらいは、相手に先に、おはようといわせてやろう)

と、自分にいい聞かせて、出勤したことが、何度あったかわからない。

だが、駄目だった。廊下で、向うから相手が歩いて来るのが見えただけで、やらなければという義務感だけで、もう、腋《わき》の下に脂汗《あぶらあせ》が流れ、額がこわばってしまうのである。相手との距離が、だんだん近づいてくるにつれて、坂口は、自分との戦いに疲れてしまい、いつものとおり、自分の方から「おはよう」と、声をかけ、身体をよけて、相手を先に通してしまうのだ。

全てが、この調子だったといってよかった。

三十歳の時に、親戚の紹介で見合いをし、人並みに結婚した。

痩せて、背の高い女だった。坂口の好みは、小柄で、可憐な感じの女だったから、今の妻の章子は、彼の好みとは反対の女だった。

見合いのあと、世話してくれた叔父に、断ろうと思っている中に、それをいいそびれ、叔父の方は、勝手に、坂口が気に入ったものと早合点して、話をどんどん進めてしまった。そうなると、気弱な坂口は、実は気に入らないのだということが出来なくなって、ずるずると、結婚する破目になってしまった。

それでも、新婚時代は、結構楽しかった。

章子も、猫をかぶって、しとやかに振舞っていたらしい。らしいというのは、一年過ぎる頃から、家庭の主導権が、完全に章子に握られてしまったからである。

子供は出来なかった。章子は、それを、坂口の方に責任があると決めつけている。

子供のことに限らない。章子は、万事につけて、決めつけるようないい方をする女だった。それはあんたが悪いのよ。こうこうしなきゃあ駄目じゃないの、明日は間違いなく、そうしておいて頂戴。

眉を寄せ、軽蔑したような顔でいう章子の横面を、思いきりぶん殴れたら、あるいは、夫婦の間は、これほど冷たくはならなかったかも知れない。坂口には、妻を殴るだけの勇気がなく、不満は胸の中に鬱積《うっせき》し、結婚十年目の今は、章子に対する憎しみが強く生れてきていた。

2

坂口は、時々、自分の気弱さは、顔つきのせいだと思うようになった。

格別、悪い顔というのではない。だが、若い時から頭髪が薄く、眼尻が下りかげんで、口元にしまりがない。怒っていても、泣き笑いの表情に見えてしまう。威厳というものが、あまりないのだ。いや、全くないといってもいい。

眉の太い、鼻筋の通った男が、薄い口を一文字にきっと結んで、何かを決断した時の顔を、坂口は、テレビや、映画で見ると、美しく、素晴らしいと思う。もし、自分の顔が、ああいう威厳があるものだったら、それにふさわしい行動をとろうと思い、気の弱さは自然に直ってしまうのではあるまいか。

そういえば、坂口の子供の時の綽名は、タヌキだった。泣き虫ダヌキである。これが、狼ででもあったら、それらしく振舞おうと努力したかも知れない。

坂口は、男ばかり三人兄弟の長男で、すぐ下の弟も、彼に似て気が弱く、損ばかりしているが、一番下の弟だけは、逆に、めっぽう気が強い。この弟の顔立ちが、坂口や、次男と違うのだ。唇が薄く、眼がギョロリと大きい。見るからに精悍《せいかん》な顔立ちで、坂口が大人になってから、父が、母以外の女に生ませた子供と知って、成程《なるほど》と思ったものだった。

この弟にしても、顔立ちが自分と同じだったら、多分、気が弱かったろうと、坂口は思う。

女だって同じだろうと、坂口は思った。美人は美人らしく、自信にあふれて行動するようになるだろうし、彼と同じように、負け犬的な顔付きの女は、人生でも負け犬にならざるを得ないのだ。

坂口の妻の章子は、女にしては、きつい顔をしている。だから、性格もきつい。明らかに、坂口を軽蔑しているのが、彼にもよくわかっている。中年になっても、出世しそうにない坂口を軽蔑しているのだ。

坂口は、三十五歳で係長になった。彼が働いているN電機では、平均的な昇進だったが、社内の出世コースに乗るかどうかは、ここから分れるといってよかった。

出世コースを歩く社員は、だいたい三十九歳から四十一、二歳で課長になる。だが、四十歳になった坂口は、今、課長補佐心得だった。

課長補佐心得は、勤続年数だけ長い社員に与えられる肩書きだけのポストだった。その証拠に、係長だった時の坂口には、五人の部下がいたのに、今は、一人もいない。

このままで行けば、課長になれるのは、定年間近かということになるだろう。坂口は、そう覚悟していた。

出世コースから外れた社員は、それでも、一生懸命に働く者と、仕事は適当にやって、人生面白おかしく生きようと考える者とに分れる。大部分は、後者だった。

坂口も、内心では、出世を諦めていたし、といって、別の会社に移る勇気もなかったから、定年まで、今のN電機に勤めるつもりでいたが、一方、人生面白おかしくと思いながら、気が弱いために、それを実行出来ずにいた。

ボーナスが出た時など、バーを歩き、家に帰るのは翌朝という社員も何人かいて、坂口も、そんなやり方に憧れているのだが、どうしても、決行できなかった。決行などという大げさな言葉を使うのは、妻の章子に黙って、飲み歩き、遊び歩くのは、まさに、決行というほどの勇気が必要だったからである。

章子も怖かったし、ひとりで、バーや風俗店に入る勇気もなかなか持てなかった。四十歳になっていながらである。

中年男は、ずうずうしいと、若い女はよくいうが、坂口は、嘘だと思っている。坂口のように、子供の時から気の弱い者は、中年になっても、気弱で、損ばかりしている。ずうずうしい中年男というのは、きっと、若い時からずうずうしかったのだ。

このまま、会社でも、家でも、抑えつけられた生活が続くのかと思うと、坂口は、うんざりする。気が強くなる薬でもあって、ある日突然、気が強くなり、会社も家庭も忘れて、遊び歩けたら、どんなに楽しいだろうかと、坂口は、時々考える。

四十歳という中年を迎え、あと何年と自分の人生を考えるようになってから、余計に、自分の気の弱さが、腹立たしくなってきた。

最近、とくにうとましくなっている妻の章子には、離婚を宣言して、有無をいわせず追い出し、貯金を全部引き出し、会社には一週間、二週間の休暇届を出して思いさま遊び廻りたい。今のままでは、恐らく、後悔しながら死んでいくだろう。

何とかしたいと思いながら、何ともならないままに、新しい年を迎えた。

一月末に、N電機創立五十周年の創立記念祭が開かれた。土、日の二日間にわたって、盛大に行われたのだが、このことが、突然、彼の生活を一変させる引金になってしまった。

3

日曜日には、各部課対抗の演芸会が開かれたが、坂口の所属する第三購買課では、課長の白石が、学生時代、演劇部にいたせいで、芝居をやることになった。

いつもなら、坂口は、絶対に参加しないのだが、今度は、白石の命令で、強制的にかり出されてしまった。

白石が、自分で書いたシナリオで、題は「中年男の反乱」という勇ましいものだった。怒れる若者たちに対抗して、中年男も怒るべきだというものので、筋はいい加減だったが、勇ましい中年男ばかりが、ぞろぞろ出て来る芝居であった。

リアリズムで行こうという白石は、本物の中年男でやることになり、その結果、人前で何かすることの苦手な坂口まで、強制的に出演させられることになったのである。

凝り屋の白石は、テレビ局から、化粧係を呼んで来て、出演者の顔作りをして貰うことにした。

出演者は、坂口のような中年男ばかり五人。その中で、もっとも念入りに顔作りをさせられたのが、坂口だった。

「君の顔は、いつも気になっていたんだがね」と、白石は、坂口の顔を、しげしげと眺めながらいった。

「まさに無気力を絵に描いたような顔じゃないか。そいじゃあ困るんだ。この芝居の中年男は、戦う男たちなんだからねえ」

「申しわけありません」

顔を直されながら、坂口は、ペコリと頭を下げた。

白石は、化粧係に、「いかにも強い中年という顔にしてやって欲しい」と、いった。

坂口は、鏡の中の自分の顔が、別人のように変っていくのを驚きをもって、眺めていた。

精巧なかつらが頭にのせられると、急に、自分の顔が五、六歳若返ったように感じられた。顔付きも別人のように見えた。次に、薄く細い眉が、太くされた。下っていた目尻も、セロテープで吊りあげられ、ファウンデイションを濃いめに塗って、そのセロテープは見えなくなった。

今や、鏡の中にいるのは、若々しく、いかにも意志の強そうな、精悍な男だった。

坂口は、子供の時から現在まで、自分の顔が嫌いで仕方がなかった。だから、楽しんで鏡を見たという記憶がない。鏡を見る度に、素晴らしい二枚目だったら、どんなに楽しいだろう。二枚目でなくても、もっと男らしい顔だったら、と思ったものだった。

二枚目ではないが、男らしい顔が、そこにある。人間の顔というのは、ちょっと変化をつけることで、別人のように変るものだと、坂口は知った。自分の顔を、楽しんで見つめたのは、今が初めてだった。

「いつまで、自分の顔に見とれているんだ」

と、白石に肩を叩かれて、坂口は、やっとわれに返った。魔法使いのようなテレビ局の化粧係は、次の出演者の顔作りにかかっていた。

楽屋には、数人の女子社員が、手伝いに入っていたが、その女の子たちは、坂口を見ても彼と気付かなかった。それどころか、坂口と気付かずに、彼の前で、彼を探し廻り、声をかけると、びっくりした顔で、化粧した坂口をじろじろ見廻したりした。

芝居の方は、可もなし不可もなしで終ったが、他の部課が、無難な合唱や、手品などでお茶をにごしたために、坂口の課は、その意欲を買われて、優勝ということになった。

課長の白石は、ご機嫌で、出演者五人を飲みに誘った。

他の四人が、さっさと化粧を落している中で、坂口は、思い切って、

「今日一日、このままでいたいんですが」

と、白石にいった。

白石は、え？　という顔で、彼を見た。妙なことを頼むものだなと、それに驚いたというより、日頃、上司に提案とか、進言といったことを、ほとんどしない坂口が、眼を光らせていったので、びっくりしたという表情だった。

「五、六歳も若返ったような気がするんで、しばらく、この化粧した顔でいたいんですが」

気の弱い坂口にしてみれば、必死な思いで、白石に頼んだのだが、白石の方は、意外にあっさりと、「いいだろう」と肯いた。

「かつらは、明日テレビ局に返せばいい」

坂口一人だけが、メイクアップした顔で、中年男六人が、銀座のバーに繰り出した。

4

たまに、バーに行っても、これまで、もてたことのない坂口だった。陰気な彼は、どうしても、ホステスに敬遠されてしまうからである。もちろん、相手は客商売だから、坂口の傍にも、ホステスが座るが、五、六分もすると、必ず、欠伸《あくび》を噛み殺すか、なぜ、こんな客のところへ座ってしまったのかと、悲しげな顔つきになってしまう。

ところが、今夜は、少しばかり様子が違った。

気が弱くて、話下手の坂口は、今夜も、黙りこくっていたが、隣りに座ったホステスが、いっこうに、退屈そうな顔をしないからである。

「どうも、わたしは、話下手でね」

と、坂口が、すまなさそうにいうと、二十五、

六歳のホステスは、ニッコリ笑って、

「べらべら喋る人って、好きじゃないわ」

「しかし、わたしと一緒にいると、退屈じゃないかね？」

「どうして？　男っぽい中年の男が、黙っていると、重みがあって素敵だわ」

「本当かね？」

「本当よ」

「どうも信じられないんだが」

「じゃあ、今夜、あたしにつき合って下さらない？　そうすれば、あたしが本気で素敵だっていったのがおわかりになる筈だわ」

若くて、美人のホステスは、坂口の耳元で、ささやくようにいった。

坂口は、不思議で仕方がなかった。同じ人間なのに、いつもは黙っていて嫌がられ、敬遠されるのに、今夜は、それが素敵だといわれるのだ。いつもの坂口との違いといえば、魔法使いのような化粧の専門家が、かつらをかぶせてくれ、メイクアップをしてくれただけのことだった。

不思議だと思いながら、一方で、坂口は、四十年来の気弱さや、鬱屈した気分が、徐々に消えていくことに、奇妙な解放感を感じていた。

今、ここにいるのは、頭の禿げかかった、目尻の下った、しょぼくれた中年男ではないのだ。別の人間なのだ、と、坂口は、自分にいい聞かせた。それでも、不安になって、トイレに立って、鏡の中の顔をのぞいた。ほっとしたのは、そこに、頭髪のふさふさした、精悍な男の顔が映っていたからだった。

（これは、仮面と同じだな）

と、坂口は思った。

仮面をかぶると、人間は、性格が変ったようになることがあると、彼は聞いたことがある。別の人間に変身したような気分になるからだろう。

今、ここにいるのは、自分であって、自分でない別の人間なのだと、坂口は思った。若いあのホステスは、いつもの坂口に惚れたのではなく、別の人間に見える坂口に惚れたのだ。

坂口は、鏡の中の自分に向って、ニヤッと笑いかけてからテーブルに戻ると、待っていたホステスに、

「今夜、本当にわたしにつき合ってくれるかね?」

と、声をかけた。いつもの坂口とは、全く別人のように思える、自信に満ちた声だった。

5

自信というのは不思議なものである。

セックスにも自信のなかった坂口が、ラブホテルで、若いホステスを喜ばせることが出来た。彼女は、絶頂に達したとき、坂口の裸の胸にしがみつき、身体を小刻みにふるわせながら、噛みついて、うすい歯型を残しさえした。

終ってから、一緒にバスに入ったホステスは、坂口の背中を流しながら、「ごめんなさい」と、小声でいった。

「あたしって、夢中になると、男の人に噛みついてしまうの。痛かったでしょう?」

「構わないよ。こういうものは、男の勲章だからね」

いつもの坂口だったら、とうてい口にする勇気の出ない気障《きざ》な言葉だった。

「うふッ」

と、ホステスは、笑ってから、

「一つだけ、忠告していい？」

と、いった。坂口は、はっとして思わず、顔に手をやったのは、折角のメイクアップが知らぬ間に崩れていて、それを見られたのではないかと思ったからだった。が、ホステスは、

「あなたは、素敵な中年だけど、服装が、やぼったすぎるわ」

「そうかも知れないな」

坂口は、ほっとしながら、彼女に肯いて見せた。

坂口が、家に帰ったのは、午前二時に近かった。

妻の章子は、さっさと先に寝てしまっている。

坂口は、洗面所で、余韻を楽しむように、ゆっくりと、かつらをとり、メイクを落していった。

顔を洗い、鏡をのぞいた。そこには、いつもの、哀れな中年男の顔が映っていた。頭髪が薄いために、五、六歳は年より老けて見える額。自信なげな細く、垂《た》れた眼。

明日からは、また、この顔で、生きていかなければならないのだ。家でも、会社でもである。陰気で、駄目な中年男に逆戻りするのだ。もう、若いホステスに歯型をつけられるような甘い経験もなくなるだろう。

（逆戻りは嫌だ！）

と、坂口は、胸の中で叫んだ。

仮面をかぶりさえすれば、楽しい思いが出来るのだ。別人になれるのだ。その特権を失ってなるものか。

翌朝、案の定、章子は、帰宅が遅かったことに

ついて、くどくどと文句を並べたてた。

いつもの坂口なら、それだけで、げんなりと、意気そそうしてしまうのだが、今日の坂口は、章子の文句を聞き流して朝食をすますと、ボストンバッグに、愛用のカメラ三台を詰めて家を出た。

これといった趣味のない坂口の唯一の趣味というのが、カメラいじりだった。高級カメラも、何台か買った。章子に内緒で、金にするものというと、そのカメラしかなかった。

会社を、頭痛ということで早退すると、まず、三台のカメラを売り払い、次に、かつら店で、昨日のかつらと同じかつらを注文した。

三番目には、恥しいのを我慢して、メイクアップの道具と、参考書を買い、最後に、少しばかり派手な背広と、ブレザーを買い求めた。

この日から、坂口にとって、新しい生活が始まったといってよかった。

妻の章子との間は冷え切っていて、幸い、夜も、別室で過ごすようになっている。夕食をすませ、章子が、だらしなく寝そべって、テレビに夢中になる頃になると、坂口は、さっさと自分の部屋に閉じ籠り、メイクアップの研究に取りかかる。

三万円余で買い求めたかつらを、まず、慎重に頭にのせる。それだけで、もう、別人のように若々しい顔に変貌するのだ。

だが、メイクアップの方は、簡単にはいかなかった。テレビ局専属の化粧係は、まさに、魔法使いだったのだ。素人の坂口に、その真似がすぐ出来る筈がなかった。

眉を濃く描き過ぎて、お化けのようになってしまったり、目尻を吊りあげるのに失敗して、二、三日、眼が痛くて仕方がなかったりした。

しかし、坂口は、楽しかった。全く別の人間に変れるということは、素晴らしいことだった。変相するということは、別の人生を楽しめるということだからである。冴えない中年男の坂口の人生ではない、別の中年男の人生である。

坂口は、女が化粧に夢中になる心理がわかったような気がした。あれは、きっと、より美しくなるのが楽しいというよりも、別の顔になるのが楽しいのだ。

メイクアップを研究していくと、現在では、さまざまなメイクの材料が生れていることを知った。大きなアザでも、簡単に隠してしまえるし、本物そっくりの刀傷を作ることも出来る。

一ケ月もすると、坂口のメイクの腕は、かなり上達した。

その間も、会社では、相変らず、気の弱い、冴えない中年男で過ごしていた。別に、家でのひそかな楽しみを隠そうとして、そうしていたわけではない。

夜半、鏡に向って、メイクアップを始めると、とたんに、坂口の眼は生き生きとしてくるし、次第に、自分の顔が、別人のそれになってくるにつれて、精神が昂揚《こうよう》してきて、今なら、どんなことでも出来そうに思えてくる。

だが、メイクを落して、いつもの顔に戻ってしまうと、精神の方も、元に戻ってしまうのである。

二ケ月たって、坂口は、自分の腕に自信を持ち始めた。

三ケ月めになると、自分の思う通りの顔作りが出来るようになった。少しずつ買い足していったメイクの道具も、いつの間にか、大型の旅行鞄二つに入り切れないほどになっていた。

6

　坂口は、家を改築しなければならないということで、会社から百万円を借りた。もちろん、章子には内緒だった。

　その金で、小さなアパートを借りた。秘密の基地というわけである。

　六畳一間のその部屋に、メイクの道具や、派手な背広や、かつらを運び込んだ。アパートを借りた時の名前は、梶健一郎。いかにも、さっそうとした男らしい名前だった。大学時代、友人に梶という男がいて、スポーツ万能の二枚目で、女にもてていたのを、羨ましく見守っていたものだった。

「今日は、残業で遅くなる」

　と、妻にいって、坂口は、家を出た。愛情の消えた章子は、別に、疑いもせず、「そうですか」と、いっただけだった。

　五時に会社がひけると、坂口は、まっすぐ、秘密基地であるアパートに直行した。

　部屋に入ると、内から鍵をかけて、メイクアップに取りかかった。

　今夜は、いよいよ、実戦第一課だった。念には、念をいれて顔を作った。かつらも、より精巧なものを新しく買っておいた。

　鏡の中の顔が、逞《たくま》しい、生活力のありそうな中年男のそれに変ったのを確認してから、派手なチェックの背広を着た。

　坂口の名前になっている定期券や名刺は、三面鏡の引出しにしまい、用意しておいた新しい名刺を、新しい背広のポケットに入れた。

〈梶弁護士事務所・梶健一郎〉

そんな活字が刷り込んである名刺である。鞄も、イタリア製だった。

管理人がいないのを確かめてから、梶健一郎になり切った坂口は、アパートを出た。

電車に乗って、夜の盛り場に向う。電車の中で、五十歳ぐらいの女が、じっと、自分の方を見ているのに気がついた。ニッコリ笑い返すと、彼女は、顔を赫《あか》くして下を向いてしまった。

坂口は、楽しくなってくる。魅力的な男として、女から視線を向けられたのは、坂口に生れて初めての経験だった。新しい自信が、坂口に生れてくる。いつもは、猫背で、足元に視線を落すようにして歩いていたのに、今は、昂然と胸を張っていた。

夜の盛り場に着くと、ゆっくりと、雑踏の中を歩いた。

歩いているだけでも楽しかった。今、歩いているのは、坂口ではなく、梶健一郎なのだ。

しばらく歩いてから、上品に見えるバーの一軒に入ってみた。

カウンターに腰を下し、美人のママに、水割りを頼んだ。

「こちら、初めての方ね」

と、ママが、にこやかにいう。

「ああ」

と、坂口は肯いてから、

「あまりはやらない弁護士でね」

さりげなくいったものの、弁護士に見えなかったらと、一瞬、不安に襲われたが、ママの顔は、一層、にこやかなものになった。

「素敵なご商売ね」

「そうでもないがね。何かあったら相談にのりますよ」

坂口は、梶健一郎の名刺を、ママに渡した。彼女が、それを押し頂くようにしたとき、突然、横合いから、

「弁護士がなんだ！」

と、酔った声が怒鳴った。

坂口は、声のした方に眼をやって、ぎょッとした。そこに、同じ課で、彼と同じ課長補佐心得の鈴木の顔があったからである。

鈴木は、正体のないぐらい酔っ払っていた。その酔眼で、じっと坂口を睨み、

「弁護士なんて、人の不幸につけ込んで、金をむしり取っているんじゃねえか」

と、からんできた。坂口は、相手が、仮面の下の自分に気付くのではないかと不安に襲われたが、鈴木は、全く、別人と思っている様子だった。

「弁護士なんて、泥棒だ！」

と、腕をつかまれた。

いつもの坂口なら、相手を怒らせないように、謝ってしまうのだが、弁護士梶健一郎になっている今は、「やめたまえ」と、相手の腕を振り払った。

鈴木は、だらしなく床に転倒した。

バーテンが、素早く、店の外へ連れ出して行った。

「あの人ね、エリートコースを外れたサラリーマンで、ここへ来ちゃあ、飲んで、ぐちばかしこぼしているのよ。あれじゃあ、ママに好かれる筈はないわ」

と、若いホステスが、軽蔑しきった顔で、坂口にささやいた。

坂口は、複雑な気持で、その言葉を聞いた。本当の坂口は、今の鈴木と全く同じなのだ。

「その点、梶さんは素敵ね。弁護士って、素敵な商売だし、第一、颯爽《さっそう》としているわ」

「そうかね」

「ママの梶さんを見る眼が違うもの」

ホステスの言葉は、お世辞ばかりとはいえなかった。

坂口は、美人のママに歓迎された。弁護士という肩書きが、その理由でもあるだろうが、魅力的な中年として、歓迎されていることも、坂口は、肌で感じ取ることが出来た。

(おれの新しい人生が始まったのだ)

と、坂口は、いい気分で、バーを出て夜の盛り場を歩きながら、思った。

今までの四十年間は、嫌なことばかりの人生だった。

(これからは、楽しく生きてやるぞ)

坂口は、自分にいい聞かせた。

秘密のアパートに寄って、坂口に戻ってから、家に帰った。

章子は、まだ起きて、深夜テレビを見ていたが、坂口が帰っても、テレビから眼を放さなかった。

坂口は、肩をすくめるようにして、章子のうしろを通り抜け、二階に上った。

自分で布団を敷き、寝転んで、天井を見つめた。

美人ママの柔らかい手の感触や、優しいささやきが、甘く思い出される。あの時、ママをくどいていたら、きっと、つき合ってくれていたろう。

あれこそ、本当の人生というものではないか。

だが、その楽しい生活をするためには、会社では、今まで通り、うだつのあがらない課長補佐心得の仕事を、続けていかなければならないのだ。

一日八時間の拘束は、どうにか我慢できるが、家に帰っても、昔の坂口でいなければならないのは、我慢が出来そうもなかった。

秘密にアパートを借りたものの、章子がいる限り、自由には動けない。それどころか、この秘密を章子が知ったら、それで全てが終りだ。

といって、一度味わったあの楽しさを、坂口は、絶対に諦めることは出来ない。あの楽しさに比べたら、今までの人生は、死んだ人生だ。

いっそのこと、会社をやめて、退職金を貰い、家庭からも、蒸発して、どこか遠い所で、全く別の人生を送ることにしようか。

だが、章子は、怒り狂って坂口を探し廻るだろう。彼に未練があるからではなく、退職金を取り戻したいからだ。逃げ廻るのは嫌だし、月賦で買ったこの家も惜しい。やっと、月賦を払い終って、自分のものになった家である。売れば、三千万円にはなるだろう。金があればあるほど、新しく、楽しい人生が送れるのだ。

（いっそのこと——）

と、考えて、坂口は、背筋に冷たいものが走るのを感じた。

恐怖によるものだったが、その恐怖には、甘美な誘惑も含まれていた。今までの坂口だったら、章子を殺すことなど、考えることもしなかったろう。考えたところで、すぐ、不可能だと思い込んでしまったに違いない。

だが、今は違う。別の人間になれるのだ。

しかも、その別の人間は、坂口と違って、颯爽とした中年男で、気も強いのだ。坂口には、章子が殺せなくても、もう一人の彼なら、上手く殺せるだろう。しかも、殺人の罪は、もう一人の彼が、かぶってくれるのだ。

電気の消えた部屋で、坂口の眼だけが、白く光って、何もない天井を見つめていた。

7

坂口は、また新しいかつらを買い求めた。弁護士梶健一郎は、今後の楽しみのために、無傷で残しておきたかったのだ。

次に紺色のユニフォームを買った。ユニフォームばかりを売っている店が、東京には何軒かある。

そのユニフォームの胸に、もっともらしいワッペンを買ってきて縫いつけた。ガラスのない眼鏡も買った。自転車も盗み出してきて、アパートにかくした。

日曜日、坂口は、釣りに行くといって、家を出た。

わざと、近所の人たちにも、釣り道具を持った姿を見せておいてから、アパートに向った。

そこで、買っておいた紺色のユニフォームに着換え、かつらをつけ、ガラス玉のない眼鏡をかけてから、盗んだ自転車に乗って、自宅へ引き返した。

家の近くには、同じような建売住宅が十軒ばかり並んでいる。

その端の家のベルを、まず鳴らした。

顔見知りの奥さんが出て来たが、眼の前にいる男が、坂口だとは全く気付かぬ様子だった。

「消火器のセールスをやっている者ですが」

と、坂口は、話しかけた。

「万一に備えて、消火器をお買いになりませんか？　注文を頂ければ、すぐお届けします」

半月前に、この一帯に、消火器の販売があったのを知っていて、わざと、消火器のセールスマンに化けてみたのである。

案の定、奥さんは、

「間に合ってるわ。買ったばかりだから」

と、断った。

次の家でも、同じ問答が行われた。

端から五軒目が、坂口の家である。そこまでの間に、変相が見破られたら、笑い話にして、今日の実行は、中止するつもりであった。

しかし、次の家でも、三軒目でも、見破られなかった。全く、坂口を、消火器のセールスマンと信じてしまって、応待した。

坂口はいよいよ、自信を強めていった。

自分の家の前に立って、ベルを鳴らす。

奥で、ごそごそと音がして、玄関の戸が開き、章子が、眠そうな顔を突き出した。きっと、テレビを見ていて、昼寝でもしてしまっていたのだろう。

坂口は、玄関に入り込んで、後手に戸を閉めた。

「消火器のセールスマンですが、万一に備えて、お買いになりませんか？」

「要らないわよ」

と、章子は、突っけんどんにいった。坂口とは、全く気付かない様子に見える。

「そこを何とか、買って頂けませんか。目下宣伝販売中ですので、素晴らしい景品をおつけ致しますが」

「へえ。どんな景品がつくの？」

章子は、身を乗り出してきた。

「それは、いろいろございます。真珠《パール》のネックレスから、シャネルの香水――」

「へえ」

「それにですね」

と、いいながら、坂口は、ポケットにしのばせておいた金槌をつかみ出し、いきなり、章子の頭めがけて振り下した。

ぐしゃッと、鈍い音がして、章子の身体が、玄関のたたきに崩れ折れた。万一、生き返ってはと思い、坂口は、もう一度、後頭部を殴りつけた。

章子の身体が、全く動かなくなったのを確認してから、土足で部屋に上り込み、手袋をはめた手で、家の中のタンスを開け、鏡台の引出しを、畳の上にぶちまけた。

そのあとで、わざと、玄関のガラス戸を開け放したままで逃げ出した。

自転車は、途中で捨て、アパートに戻ると元の恰好になって、本当に江戸川に釣りに出かけた。

鮒が三匹釣れた。それを持って、家に帰った。


予想どおり、すでに、章子の死体は、近所の奥さんによって発見され、大騒ぎになっていた。

坂口は、ただ、黙って、警官の話を聞いていればよかった。もともと、哀れっぽく見える顔が、こんな時には、便利だった。

犯人は、消火器を売りに来たセールスマンということになった。

紺色のユニフォームを着て、髪の豊かな、眼鏡をかけた男である。坂口とは、似ても似つかぬ男だった。

一ケ月もすると、事件は、迷宮入りして、人々は、殺人のことを忘れていった。

坂口も、その間、じっと、「妻を殺された夫」の姿を演じていた。下手に動き廻って、警察の注意を引いてはいけないと用心したからである。

それも、一ケ月たつと、また、別の人間になりたい欲望が、猛烈に頭をもたげてきた。

例のアパートは、まだ借りていたから、ある夜、鏡に向って、弁護士梶健一郎の顔を作っていく我慢しきれなくなって、出かけて行った。

鏡に向って、弁護士梶健一郎の顔を作っていくと、前と同じように、自分が、精悍で、男らしい人間に思えてきた。

坂口は、いつかのバーに出かけて行った。死んだ章子が溜め込んでいた貯金を下したので、ふところは、温かかったから、余計、自信満々だった。

美人のママが、はしゃいだ様子で、彼を迎えてくれた。

「家内が死んでね」

と、坂口がいうと、ママは、眼をきらりと光らせた。

「じゃあ、今は、おひとりというわけね」

「そうだよ」

「嬉しい」

「え？」

「おひとりなら、今夜は、付き合って頂けるわね」

「こっちも、今日はそのつもりでやって来たんだ」

坂口も、はしゃいだ声でいった。

店が看板になってから、二人は、近くのラブ・ホテルに足を運んだ。

入口を腕を組んで入ろうとした時だった。

突然、物陰から、黒い人影が飛び出して来た。

「梶とかいう弁護士だな？」

と、その人影が、確認するように、声をかけてきた。

「そうだ。梶だ」

坂口は、気取った声でいった。

「おれの女を取りやがって！」

相手が、酔った声でわめいた。

その右手に、ナイフが、きらりと光った。

坂口は、狼狽しながら、相手の顔を見た。

「あんたは、鈴木君じゃないか」

「気安く呼ぶな！」

「わたしだよ。同じ会社の――」

その声は、途中で消えてしまった。坂口の、派手な背広に包まれた身体に、ナイフが突き刺さり、血が吹き出した。

ママが、甲高い悲鳴をあげた。

優しい悪魔たち

1

三人とも若いミセスだった。

高井京子は、二十五歳で、銀行に勤める夫と結婚して、まだ二年にしかならない。子供はいない、というより、あと二年は作らずに、若さを楽しみたいと、夫と話し合っていた。

京子より二歳年上で、二十七歳になったばかりの大橋亜木子にも、子供がなかったが、こちらは、別に、作るまいと思っているわけではなく、出来ないのである。

三人の中で、一番年下の坂西みどりは、二十歳の成人式を、結婚してから迎えたばかりだった。彼女も、高井京子と同じで、あと何年かは、青春を楽しみたいと、子供を作らずにいる。

三人とも、大いに生活を楽しんでいる。少くとも、そう見える毎日を送っていたが、平穏な毎日は、退屈でもあった。

夫の休みの日は、映画を見たり、外で食事をしたり、時には、車で遠出をしたりして、若さを楽しんではいたが、問題は、他の日だった。

三人の夫は、それぞれエリートサラリーマンで、それだけに、仕事に熱心で、残業をすることも多かった。

当然のことながら、朝、夫を送り出してから、夕方、帰宅するまでの間、彼女たちは、退屈な時間を持て余した。

同じマンモス団地に住む彼女たちが、時々、三人で集るようになったのは、同じ棟に住んでいるということの他に、子供がいないこと、大学を出ているといった共通点があったからである。そして、暇つぶしが、その主な目的だった。

　最初は、常識的に、英語でも勉強しようかということになった。大学で、アメリカ文学を専攻した大橋亜木子が、教師になって、他の二人に、日常会話から教え始めたのだが、二ケ月もすると、何となく、だらけてきたのが、彼女たち自身にもわかってきた。独身時代なら、海外旅行に行くチャンスも多く、そのための勉強ということで、張り切れるのだが、結婚した今では、なかなかチャンスもなかった。使うあてのない語学を勉強するというのは、根気のいるものだった。

　鎌倉彫りとか、版画にも手を出してみたが、何となく熱中できなかったのは、三人が、まだ若過ぎて、もっと刺激の強いものを求めていたためかも知れなかった。

　春先の一日、京子の家に集った時も、何となく、三人とも、刺激を求めている心理状態だった。

「今度は、フランス語でも勉強してみない？」

　と、大学で、フランス文学を専攻した京子が、二人にいった。

「明日にでも、パリへ行けるんなら、一生懸命に勉強するんだけど」

　二十歳のみどりが、肩をすくめた。夫の坂西幸夫は、コンピューターの専門家で忙しく、今年も、夏休みはとれそうもなかった。パリどころか、沖縄にも行けそうにない。

「お酒でも飲む？」

　気分を変えるつもりで、京子がいった。

「ちょっと飲みたいわね」

　と、亜木子が、すぐ応じた。

　みどりは、まだ飲んだことがなかったが、前から、飲んでみたいと思っていたから、すぐ賛成した。夫が帰宅するまでに、酔いをさましてしまえば構わないだろう。

京子は貰いもののジョニ黒を取り出し、水割りを作って、三人で飲み始めた。アルコールは、生れて初めてというみどりが、意外に強くて、いかにも美味そうに、飲んでいる。

一番年長の亜木子が、最初に酔ってしまった。

普段は、気の強いところのある亜木子なのに、酔うと、自分でもびっくりするほど、ぐちっぽくなった。

「七号棟の青木さんの奥さん、知ってる？」

と、亜木子は、酔った声で、京子とみどりにいった。

「知ってるわ」と、京子がいった。

「度の強い眼鏡をかけた、いけすかない中年夫人でしょう。彼女が、どうかしたの？」

「この間、新宿のデパートで、偶然、一緒になったの」

「それで？」

「別に買う積りはなかったんだけど、貴金属売場で、プラチナのネックレスや、ダイヤの指輪なんか見てたのよ。そしたら、ふいに、背後《うしろ》から、彼女が声をかけてきたの」

「なんて？」

「大橋さんの奥さま、って、猫なで声を出してねえ」

「うん」

「あんまり見ていると、怪しまれますわよ。お買いになるんなら別ですけどって――」

「それは、ひどいわ」

「それだけじゃないのよ。あたしの眼の前で、十万円もするプラチナのネックレスを買って、見せびらかすんだから」

「あたしなら、許せないな。そんなの」

と、若いみどりが、憤慨した。

亜木子は、グラスに残っていた水割りを、一息に飲んでから、

「あたしだって、癪《しゃく》にさわったわ。蹴っ飛ばしてやろうと思ったくらいだもの」

「何故、あなたに、そんなひどいことをいったのかしら？　何か、彼女に憎まれていることでもあるの？」

「先月だったかな。団地内の自治会に出席した時、彼女一人が、あんまり喋りまくるもんだから、ちょっと注意したことがあるけど」

「きっと、それだわ」と、京子が、いった。

「あの人、執念深いって評判だから、きっと、それを根にもっていて、あなたに復讐したのよ」

「ねえ」と、みどりが、急に眼を光らせて、二人を見た。

「あたしたちで、青木の奥さんに仕返しをしてやらない？」

2

三人の顔が、急に生き生きとしてきた。英語の勉強でも、鎌倉彫りでも、或は、版画の勉強でも、彼女たちが、こんな生き生きとした表情を見せたことはなかった。

特に、二十歳のみどりは、自分でいいだしただけに、すこぶる熱心で、

「ねえ。ねえ。どんな風にしたらいいと思う？」

「あたしたちがやったって、わからない方法で、彼女をこらしめてやりたいわね」

京子が慎重にいった。

「あたしは、あの女に、恥をかかせてやりたいな」

と、亜木子がいった。

「いいこと」と、京子が、他の二人を見た。「彼女は、この団地じゃあ、うるさがられてるわ。憎まれてはいなくても、煙たがられている」

「そうはいえるわね」

と、亜木子が、肯く。

「だから、彼女に悪い噂が立てば、そんなことはないと思うよりも、それ見ろと思う人が、沢山でてくるに違いないわ」

「それで？」

「その噂を、あたしたちで立ててやったらどうかしら。どう？」

京子は、ニッと笑った。


その日は、酔いをさまさなければならないので、ひとまず解散して、それぞれの家に帰った。

翌日、今度は、亜木子の家に集った三人は、さっそく、「噂」を作る作業を始めた。

文具店で、もっとも一般的な、ありふれた便箋と封筒を買ってきた。

次には、遠くのデパートへ行き、簡単な謄写《とうしゃ》版の機械を買って来た。最近のものは、鉄筆を使わなくても、ボールペンで書いたものが、そのまま、謄写できるようになっている。

三人で、相談して、こんな手紙を書いた。


第七号棟の青木さんの奥さんに、万引きのくせのあるのをご存知ですか？

先日も、Nスーパーで、肌着を、そっとドレスの下に隠すのを、見てしまったんです。

駅前のY宝石店で、安物ですが、ゴールドのネックレスを万引きしたのを目撃したという人も、私は知っています。
もし、青木さんの奥さんと親しい方がおいでなら、ご用心なさいませ。
ご忠告までに。

この手紙を、京子たちは百枚作り、一枚ずつ、封筒に入れた。退屈な筈のそんな作業が、京子たちは、楽しくて仕方がない。緊張し、わくわくするのだ。

三人の住んでいるマンモス団地には、一千世帯が住んでいたが、全世帯に配る気は最初からなかったし、それでは、効果が薄れてしまうだろう。

第七号棟の青木夫人のことを知っている人々だけに配れば十分だと思っていた。そういう噂は、たちまちの中に広まるものなのだ。

第七号棟を中心にして、四、五、六、七、八号棟の人たちに配ることにした。

あとで筆跡鑑定されたときの用心に、三人は左手で、苦心惨憺《さんたん》して、百世帯の名前を書いた。その中に、彼女たち自身の名前も入れておいた。三人の家にだけ、この手紙が来ないでは、怪しまれるに違いないからである。

全てが終るのに、午前十時頃から始めて、午後四時近くまでかかったが、三人とも、全く、疲労を感じなかった。

三人は、口には出さなかったが、こんな楽しく、充実した時間は、久しぶりに味わったと感じていた。

宛名を書き終った百通の手紙は、夫が残業することになっている亜木子が、東京中央郵便局まで持って行って、投函した。

3

二日目の午前中、その手紙は、次々に、団地に届けられた。

三人が予期した以上に、団地内での反響は大きかった。

中には、中身を読んで破り捨てた人もいたらしいが、そんな潔癖な女性は、ごくまれだった。ほとんどの主婦が、手紙の中身に大いに興味を持ち、寄るとさわると、その話になった。中には、手紙が配送されなかった別の棟へ行って、見せて回る主婦もいたくらいだった。

青木夫人自身には、この手紙は、送られなかったから、最初の中、団地内の騒ぎが、何のためかわからないようだった。

階段の踊り場や、広場に、ひとかたまりになっている主婦たちが、自分が近寄ると、急に話を止めてしまったり、あわてて、散ってしまったりするのを、いぶかしく思っていたのだが、手紙のことを知ると、青木夫人は、自尊心が強いだけに、ヒステリックになった。

彼女は、団地の管理人に文句をいいにいった。しかし、管理人としても、相手が匿名の手紙では、どうしようもなかった。次の自治会で、討議したらどうでしょうかと、当りさわりのない返事をしたので、夫人は、ますます、いきり立った。

青木夫人は、管理人が、犯人を見つけ出してくれないのなら、自分で、捕えて、警察へ突き出してやると、いい放った。彼女が、眼をつけたのは、同じ棟にいて、仲の悪い酒井夫人だった。同じような性格で、同じように自尊心が強いことが、仲の悪い原因だったのかも知れない。

青木夫人は、犯人は酒井夫人に違いないと決めつけた。そう思えば、いろいろと、思い当ることがある。この前、口論したとき、酒井夫人は、「あんたを、この団地から追い出してやる」と、いった筈だった。それに対して、青木夫人も、「出来るものなら、やってごらんなさいな」と、いい返したのだが、酒井夫人は、こんな卑劣な手を使って、自分を、この団地から追い出そうとしているのだと思った。

次の日の夕方である。

二階の踊り場で、酒井夫人が、もう一人の主婦とお喋りをしているところへ、青木夫人が、上からおりてきた。

その時、酒井夫人が「ふん」という顔をしたのがいけなかった。かあッときた青木夫人は、いきなり、酒井夫人の小太りの身体を、階段から、下へ向って突き落した。

ふいを突かれて、酒井夫人は、階段を転げ落ち、全治一ケ月の重傷を負い、救急車で病院に運ばれた。

青木夫人の方は、警察に逮捕された。彼女は、酒井夫人が悪いのだと、警察で主張したらしい。二日間留置されたあと、釈放されて、帰宅した。だが、周囲の眼が冷たく、結局、いたたまれなくなったのだろう。十日程して、何処かへ引越していった。

沢山の家具を積んだ青木家のトラックが、団地から出て行くのを、京子たち三人は、彼女の家の窓から快哉《かいさい》を叫びながら見送った。

「今日のために、シャンパンを買っておいたの。

乾杯しましょうよ」

と、京子は、はしゃいだ声を出した。自分たちの力で、嫌な青木夫人を見事に追い出せたことに興奮していた。

他の二人も同様だった。

二十歳のみどりにいたっては、興奮して、眼に涙を浮かべていた。

三人とも、典型的な中流家庭に育ち、波乱のない生活を送ってきた。夫もエリートサラリーマンで、申し分はない。将来も、生活の上で苦労することは、まずなさそうである。恵まれてはいるが、退屈でもある。

その退屈さが、打ち破られたのだ。自分たちの力で、大げさにいえば、環境を変えたのである。

「やったわッ」

と、みどりが、涙を浮かべていったのも、当然だったかも知れない。彼女の二十年の中で、人間一人の人生を変えさせたのは、初めてだったからである。自分にも、こんな力があったのかという気持だった。

「今日は、じゃん、じゃん飲むわよ」

と、亜木子は、時計に眼をやりながら、宣言した。まだ、午後一時。夫が会社から帰ってくるまでには、十分に時間があった。

三人はシャンパンで、何回も乾杯した。京子は、酔っ払って、引っくり返ってしまったが、もちろん、夫の高井が帰宅した時には、酔ったことなど忘れてしまったような顔で迎え、夕食の時に、何気ない調子で、

「第七号棟の青木さんが、今日、越して行ったわ」

と、報告した。

団地内の出来事には、ほとんど無関心な夫は、ただ、「そうかい」と、いっただけである。

亜木子の家でも、みどりの家でも、全く同じだった。

肝心の青木夫人が引越してしまったので、管理人は、匿名の手紙の犯人を探し出すのをやめてしまった。

三人のミセスの計画は、完全に成功したのだ。

4

その後半月ぐらいは、自分たちの計画成功を、反芻《はんすう》して楽しむことで、三人は、退屈さから逃れることができた。

だが、一ケ月近くなると、思い出は、すでに色あせてしまい、しゃぶり過ぎたチューインガムみたいに、味気ないものになってしまった。

と、いって、趣味の手芸や、語学の勉強を始めるには、青木夫人追い出しの興奮が強すぎた。

「何か面白いことないかな」

というのが、集ったときの三人の合言葉みたいになった。

「今度、バレーボールの同好会が、団地内に出来るんですって」と、京子がいった。

「退屈しのぎに、三人で入ってみない？」

「余計、退屈するだけよ」と、亜木子が即座にいった。

「もっと、面白いことじゃなきゃあ」

いい出した京子だって、バレーボール同好会になど、入りたいとは、思っていなかったのだ。ただ、青木夫人追い出しみたいなことを、もう一度やってみたいというのが、何となく、はばかられたから、当り障りのないことをいったに過ぎない。

だが、一番若いみどりは、すなおに、

「もう一度、やってみたいな」

と、いった。

「何を?」

京子は、わかっていながら、わざときいた。自分のいいたいことを、みどりにいわせたかったのだ。

「決ってるわ」と、みどりは、無邪気にいった。

「この間みたいに、嫌な奴を、この団地から追い出すことよ。あんなわくわくしたことはなかったわ」

「確かに、そうだったわ」

京子は、安心していい、亜木子と顔を見合わせた。

「青木夫人みたいに、嫌な奥さんがいないかしらね?」と、亜木子は、京子と、みどりを見ていった。

「みんなに嫌われてる奥さんがいれば、この間みたいに、追い出してやれるわ」

「そうねえ」

京子は、宙を睨み、あれこれと、団地夫人の顔を思い浮かべた。

教育ママのA夫人、車好きのB夫人、猫好きのC夫人——だが、青木夫人のように、みんなに煙たがられている夫人は、なかなか、思いつかなかった。

「なかなか、いないものね」

「いい人もいないけど、悪い人もいないものね」

と、亜木子も、小さな溜息をついた。

ちょっとばかり、しらけた空気が、三人の間に流れた時、みどりが、

「青木夫人みたいに、嫌な奥さんがいないかしら

「嫌な人じゃなくたって、構わないじゃない?」

と、いった。

京子と、亜木子は、一瞬、どきっとした顔で、みどりを見た。

「何ですって?」

「誰だって、構わないじゃないの」

と、みどりは、あっけらかんとして、いった。

「そうでしょう? さっき、大橋さんは、いい人もいないけど、悪い人もいないっていったけど、誰だって、一人か二人かには、恨まれていると思うのよ。あたしだって、あなたたちだって、知らない中に、誰かに恨まれてるかもわからないわ」

「だから?」

と、京子がきいた。みどりを非難している眼ではなかった。むしろ、彼女の言葉を面白がっている顔だった。

「例えば、猫好きの井上さんの奥さんがいるわ」

「でも、猫を飼うことは、許可されてるわよ」

「ええ。わかってるわ。でも、もし、同じ棟に、猫が嫌いで嫌いでたまらない人がいたらどうかしら? きっと、その人は、井上さんの奥さんを、殺したいほど憎んでいるかも知れないわ」

「確かに、その通りだわ」

と亜木子が肯いた。

「他にも、例えば、ピアノ好きの斉藤さんの奥さん。あの人だって、誰かが、ピアノの音をうるさがって、殺したいと思ってるかも知れないじゃない?」

「うん。その説には、賛成。それで?」

「みんなから嫌われてる奥さんなんて考えるから、見つからないんで、誰かに恨まれてるって考えれば、いくらでも見つかるんじゃないかってこと。」

誰か一人に憎まれてるとすれば、その人を追い出せば、少くとも、一人の人からは、感謝される筈よ」

「そうね」

「やってみましょうよ。面白いわよ」

「決めた」

と、亜木子がいった。

京子も、眼を輝かせて、「オーケイ」

と、いった。

「それで、誰にする？」

「猫好きの井上さんの奥さん！」

と、亜木子とみどりが、同時にいった。

5

今度は、百通もの手紙を書くことはしなかった。

三人は、相談し、筆跡をかくして、次のような手紙を一通書いた。

お前のところの猫が、うるさくて仕方がない。

今度見つけたら、絞め殺してやる。

それを封筒に入れると、第六号棟三階の井上夫人の家へ行き、ドアの郵便受けに投げ込んだ。

あとは、待つだけである。

もし、同じ棟に、井上さんの飼っている猫が嫌いな人がいたら、井上夫人は、無署名の手紙を、その人の嫌がらせと受け取るだろう。

翌日の午前中、京子は、愛猫を抱いている井上夫人に、広場で会った。

いつもは、誰にでも愛想のいい井上夫人である。

それが、真っ青な顔をして、あいさつした京子に、黙礼もせず、あらぬ方を見つめて、歩き去ってしまった。

京子は、すぐ、亜木子とみどりを集めて、井上夫人の様子を知らせた。

「どうやら、成功よ」と、京子は、二人に、コーヒーをすすめながら、笑顔でいった。

「あれは、誰かを激しく憎んでいる顔だったわ。きっと、あたしたちが書いた手紙を見て、誰かを憎み始めたのよ」

「きっと、同じ棟の奥さんね」と、みどりがいった。

「喧嘩が始まるかしら？」

「或いはね。どうなるか、見物していましょうよ」

と、京子が、楽しそうにいった。

夕方になると、井上夫人と、同じ第六号棟の渡辺夫人が、激しい口喧嘩をしたという噂が、聞こえてきた。猫のことで、二人が、口汚くののしり合ったという。

「井上夫人の猫を嫌っていたのは、どうやら、渡辺の奥さんだったみたいね」

と、今度は、亜木子の家に集った三人が、確認し合った。

「これから、どうする？」

みどりが、二人を見た。

「このままでは、口論以上に進みそうにないわね」

京子が、残念そうにいった。

亜木子は、最近おぼえた煙草をくわえて、火をつけてから、

「井上さんのところのペルシア猫を、どこかに隠してしまったら、きっと、大騒動になるわよ」

「あたしは、猫は苦手だわ」と、みどりが、肩をすくめていった。

「引っかくでしょう。猫って」

「またたびを使ったらどうかしら?」

と、京子がいう。

「その手があると思うけど」と、亜木子が、煙草の煙を吐き出した。

「ただ、あの猫が、部屋から出てくれないと駄目ね」

「井上さんの奥さん、文字どおりの猫可愛がりで、いつも連れて歩いてるわ。お買物に行く時もね。その時に、さらってしまったら? きっと、渡辺の奥さんの仕業だと思うわ」

京子が、考えながらいった。

結局、どうやって、ペルシア猫を、さらうかということになった。

三人とも、真剣だった。退屈さなど、どこかへ吹き飛んでしまっていた。彼女たちは、眼を光らせ、討論し、ひどく充実した時間を繰返していった。

「やっぱり、猫を連れて、彼女がお買物に来たときを狙うより仕方がないわ」

と、亜木子がいった。

計画が、練《ね》られた。問題は、上手く芝居ができるかどうかにかかっていた。

「きっと、上手くいくわよ」

と、亜木子が、他の二人に向っていった。

次の日の午後二時頃、三人は、駅前のスーパーマーケットに、買物に出かけた。団地の主婦たちは、たいてい、この大きなスーパーに、買物に行く。

三人は、先に買物をすませて、井上夫人が来るのを待った。彼女が、いつも四時頃に、スーパーに来るのを知っていたからである。

四時五、六分過ぎに、井上夫人が、「ターちゃん」と呼ぶペルシア猫を抱いて、買物にやって来た。

スーパーの中は、食料品も売っているので、ペットの持込みは禁止になっている。犬や、猫を連れて来た人は、入口に、つないでおかなければならない。

いつものように、井上夫人が、愛猫をつなごうとしているところへ、京子が、声をかけた。

「よかったら、あたしが、お預かりしていましょうか？　ペルシア猫って、大好きなんです。一度、飼ってみたくって」

「お願い出来まして」

と、井上夫人は、ニッコリした。彼女にいわせると、猫好きな人に悪人はいないのだ。

京子が猫を抱きかかえると、井上夫人は、安心した顔で、店の中へ入って行った。それを見送ると、京子は、スーパーの裏側に廻った。

そこには、亜木子とみどりが、緊張した顔で、待っていた。

「預かって頂戴」

と、京子は、みどりに、ペルシア猫を渡してから、亜木子に向って、

「さあ、早く殴ってよ」

と、背を向けた。

「いいの？」

亜木子が念を押した。

京子は、眼をつぶって、

「いいわ。できたら、あんまり痛くないように殴ってね」

「委《まか》せてよ」

亜木子は、近くに落ちていた材木の破片で、京子の後頭部を殴った。

「痛いッ」

と、思わず、京子は、悲鳴をあげた。涙が、ポロポロでてきた。

亜木子とみどりが、ペルシア猫を抱いて、姿を消した。

京子は、後頭部を、手で押さえながら、よろよろと、スーパーの入口の方へ歩いて行った。

丁度、買物をすませて、出て来た井上夫人が、びっくりした顔で、駈《か》け寄って来た。

「どうなさったんですの？　高井の奥さま」

「誰かに、ふいに、背後《うしろ》から殴られて」

「少し、血が滲《にじ》んでいましてよ。お医者さまをお呼びしましょうか？　それとも、救急車を？」

「もう大丈夫ですわ。それより、奥さまに申しわけなくて」

「何がですの？」

「殴られて、気を失っている中に、お宅の猫を盗まれてしまったんです」

「え？　ターちゃんを？」

もう、井上夫人の声が、甲高くなっていた。

京子は、また、後頭部に手をやった。

「お金を全然、盗まれていないから、最初から、お宅の猫を盗むつもりだったのかも知れませんわ。でも、何だって、お宅の猫を――」

「あいつだわ」

突然、井上夫人は、顔色を変え、憎しみをたぎらせた眼で、宙を睨んだ。

それは、京子が、ぎょっとしたほど、激しい表情だった。

井上夫人は、買物をその場に放り出すと、まっすぐ、団地に向って歩き出した。

6

団地へ戻った井上夫人は、第七号棟の階段を上って行き、渡辺家のドアをノックした。

渡辺夫人が顔を出したとたんに、井上夫人が、いきなり、つかみかかって行った。

そのあとの二人の戦いぶりは、凄絶だった。引っかき、殴り合い、果ては、相手の腕に噛みついた。

京子と、ペルシア猫を近くの公園の木につないで戻って来た亜木子とみどりの二人は、どうなるかと、楽しみながら、団地に戻って来たのだが、彼女たちが、呆気にとられるほどの凄まじさだった。

同じ棟の主婦の一人が、取っ組み合っている二人の女を止めようとしたが、たちまち、はじき飛ばされて、足をねんざしてしまったくらいである。

もう一人の主婦が、あわてて、管理人を呼んできた。が、六十歳近い管理人も、二人の凄まじい喧嘩に恐れを抱いて、なかなか近寄れない。

井上夫人と渡辺夫人は、踊り場のコンクリートの上で、取っ組み合ったまま、ごろごろと転がった。

お互に、ひい、ひい悲鳴をあげながら、止めようとしない。

管理人が、間に入って止められたのは、二人が疲れ切って、コンクリートの床に両手をつき、肩で、ぜいぜい息を吐くようになってからだった。

二人とも、見るも無惨な姿になっていた。顔には、引っかかれて、みみず脹《ば》れが出来、化粧は剝げ落ち、髪は、ざんばらになっていた。服も、ところどころ引き裂かれ、転がり回って泥で汚れている。

「驚いたわ」

と、京子は、自分たちが、火をつけたことも忘れて、感心していた。

「女同士の喧嘩が、あんなに凄まじいものだって、知らなかったわ」

「あたしたちだって、同じ女よ」

と、亜木子が、笑いながらいった。

みどりも、眼を丸くして見ていたが、別に、自分たちが悪いことをしたという顔つきではなかった。驚きながら、楽しんでいるのだ。

この事件があってから一週間して、井上夫人が、郊外に家を買ったといって、団地を出て行った。

そうなると、おかしなもので、残った渡辺夫人の方も、団地に居づらくなってきたらしく、それから、三日ほどして、何処かへ引越して行った。

京子たちは、井上夫人を追い出してやろうと思って、動き回ったのだが、結果的に、二つの家族が、団地を去って行った。

三人は、大いに満足し、今度は、亜木子の家に集って、シャンパンで乾杯した。

最初の時ほどの強い興奮はなかったが、それでも、全員、眼を輝かせ、シャンパングラスをぶつけ合った。

「あたしたちの力は、大したものね」と、亜木子は、ニッコリした。

「これで、三つの家族を、団地から追い出しちゃったんだから」

「でも、あんたは、少し芝居がきつ過ぎたわよ。

まだ、頭が痛いわ」

京子が、亜木子に文句をいったが、その顔は、笑っていた。

みどりも、もちろん、楽しんでいた。

この楽しさは、前の時と同じように、半月ぐらいは、続いてくれた。自分たちで演じた芝居のことや、井上夫人と渡辺夫人の取っ組み合いを思い出し、それを三人で語り合うのは、楽しかった。

そういえば、あのペルシア猫は、どこかへ姿を消してしまった。

しかし、時間が経過していくにつれて、前と同じように、次第に、思い出は色あせていった。三人が集っても、また、退屈さを持て余すようになってきた。

二十日もすると、三人の顔に、強い、いらだちが見え始めた。そのいらだちは、もはや、単なるおけいこごとでは、絶対に解消できないことを、三人とも、前の経験でわかっていた。

クスリと同じだった。専門家が見たら、彼女たちの顔に表われていたいらだちは、クスリの禁断症状に似ていただろう。

「やりましょうよ」

と、亜木子が、他の二人の表情を盗み見るようにしていった。

その言葉を待っていたように、京子とみどりの二人も、

「やりましょうよ」

「他に面白いこともないし――」

と、いった。

「誰かが、この団地から出て行けば、その分、住宅に困っている人が入れるんだしね」

「それに、追い出される人は、もともと、追い出

されるような悪いところを持ってるのよ」

「あたしたちがやらなくたって誰かが、同じことをやるかも知れないし――」

三人は、勝手なことをいい合った。心からそう思っているというのではなく、自分たちの楽しい遊びを正当化するための儀式みたいなものだった。

儀式は、簡単に終った。

あとは、犠牲《いけにえ》を選ぶことだった。井上夫人の追い出しから、犠牲は誰でも構わないことがわかっていた。どんな人間だって、誰かに恨まれているに違いないからだ。当人自身も気付かないところで、気付かない人間に、恨まれていることだってある。

「ピアノ好きの斉藤夫人」

と、亜木子が、いった。それで決まりだった。

斉藤夫人でなくてもよかったのだ。斉藤夫人に決まったのは、たまたま、三人が、彼女の名前を知っていたからに過ぎない。

「今度は、前より刺激の強い投書にしましょうよ」

京子が、二人にいった。

それにも、他の二人は、すぐ賛成した。どんなことでも、少しずつエスカレートしてくるものなのだ。

市販の封筒と、便箋が用意された。三人が、苦心しながら、同時に、楽しみながら、投書の文面を考えた。


近所迷惑な、下手くそなピアノは、すぐ止めろ。

お前の子供は、全く才能のないバカ娘だ。

すぐ止めないと、ピアノも、バカ娘も、叩きこわすぞ。

それを封筒に入れ、第四号棟の斉藤家の郵便受けに放り込んだ。

あとは、その効果を待つだけだった。

同じ第四号棟に住む亜木子の家に集って、三人は、斉藤夫人が、どう出るか待った。

あれだけの投書を投げ入れたのだから、斉藤夫人は、怒り心頭に発している筈だった。

だが、斉藤夫人が、ヒステリックになって、騒ぎ立てる気配がない。

「おかしいな?」

と、亜木子は、首をひねった。

「投書の主に、全然心当りがないのかしら?」

京子も、首をかしげている。

「でも、斉藤夫人のピアノに、一人ぐらい苦情をいった人がいるんじゃないかしら?」

と、みどりが、いった。

「その筈なんだけど」

亜木子は、ちょっと自信のない声を出した。

そんな雰囲気の中で、斉藤夫人が、ふと外出した。

三人は、どうなっているのか知ろうとして、斉藤夫人のあとをつけることにした。

斉藤夫人は、買物籠を手に下げていたが、スーパーの前を通っても、別に中に入るわけでもない。

何かにいらだっているように、ふと立ち止まって、周囲を見廻したり、何かぶつぶつ口の中で呟いたりしている。

「やっぱり、気が立っているのよ」

と、あとをつけながら、亜木子が、小声でいった。

「心当りの人間を、あれこれ考えているのかもね」

みどりが、浮き浮きした声を出した。あの投書は、効果をあげた。あと、ほんの少し圧力をかければ、斉藤夫人の自制心は、簡単に崩れてしまうだろう。

そこで、三人は、もう一通、投書を書くことにした。

バチ当りのピアノ狂いめ。

ピアノを止めないと、親娘もろとも、殺してやるぞ。

これで、斉藤夫人は、堪忍袋の緒を切って、思い当る人間にぶつかっていくだろう。

三人は、亜木子の部屋で、前の井上夫人と渡辺夫人の凄絶な喧嘩を思い出し、わくわくしながら、事件の起きるのを待った。

午後三時頃、突然、ドアがノックされた。

亜木子が、他の二人を制して、立って行き、ドアを開けた。

そこに、真っ青な顔をした斉藤夫人が、突っ立っていた。出刃包丁を持った手が、ぶるぶる震えている。

思わず、亜木子が、甲高い悲鳴をあげた。

×　　×

三人の団地夫人が、出刃包丁でめった切りにされて殺された現場に到着した刑事たちは、その余りな凄まじさに、一瞬、眼をそむけたほどだった。

犯人の斉藤啓子は、虚脱した表情で、刑事に、二通の匿名の手紙のことを話した。

「最初は、誰かわからなかったんです。でも、外出したら、三人の奥さんが、あとをつけて来ました。その中に、大橋亜木子さんがいたんで、あッと、思い当ったんです」

「何を思い当ったんだね？」

「大橋さんの奥さんが、前に、あたしにいったことです。あたしが、ピアノを買った時、皮肉をいったんですよ。ピアノって、何のお役に立つんですかって」

「それは、いつのことです？」

「三年前ですわ」

「三年前――？」

若い刑事は、呆然として、血まみれの斉藤夫人を見つめた。いった方が忘れてしまっているのではないかと思いながら。

受験地獄

1

起きて、反射的に枕元の時計に眼をやった木村昌彦は、蒼くなった。

いくら見返しても、時計の針は、午前八時五十分を指している。それでも、ベッドから飛びおりると、テーブルの上の電話をつかみ、時報を知らせる電話番号を回した。あせっているので、最初は、天気予報のナンバーを回してしまい、あわてて、掛け直した。

だが、電話の時報も、八時五十分だった。

「畜生！」

と、昌彦は、思わず、こぶしで、テーブルを叩いた。

時計の目覚しは、午前七時にセットしてあった筈なのだ。新しく買い求めたのだし、何回か試してあったのだから、今朝鳴らなかったとは思えない。

昨夜、早く寝ようと思いながら、やはり、入試のことが気になって、午前三時頃まで、あれこれ考えたり、不得手な数学のテキストに眼を通したりしたのがいけなかったのだろう。

いっそのこと、眠らなければよかったと後悔した。

今日のT大の入試は、午前九時開始だった。ここから、タクシーを飛ばしても、十分で、試験場へ行くことは出来ない。少くとも、三十分はかかるのだ。

昌彦は、すでに、二年間浪人している。二浪である。

名古屋で、公務員をしている父も、母も、昌彦がT大に入ることを望んでいるし、昌彦自身も、T大に入ることが、中学の頃からの希望だった。

両親は、そのために、T大のある東京に、彼のために1DKのマンションを借りてくれ、有名な予備校に通わせていた。

課長とはいえ、地方公務員の父親にとっては、大変な出費である。それだけ、一人息子の昌彦に対する期待が大きいということだった。

母の弓子は、後妻だが、それだけに、昌彦に気を使っているようだった。わざわざ、九州の大宰府まで行って、合格祈願をして、お守りを貰って来てくれたのも、弓子である。

昌彦は、今年こそその両親の期待に応えなければならないと、心に期していた。

この一年は、今までで、一番勉強しただろう。三浪は嫌だという気もあったし、二十歳になったら、両親の援助に甘えてはいられなくなるだろう。私立大のK大とM大も受験したが、これは、あくまでも、気やすめで、受かったとしても、行く気はなかった。目標は、あくまでもT大だった。

そのT大の受験の日に、寝過ごしてしまったのである。

K大やM大の受験には、ちゃんと起きられたのに、肝心のT大の時に、寝過ごすというのは、何ということだろう。

こんなことで、一年間の苦しい受験勉強がふいになってたまるものかと思った。

(しかし、どうしたらいいだろう?)

T大では、十五分以内の遅刻なら、試験場へ入れてくれるが、それ以上の遅れは、拒否されることになっている。

昌彦は、もう一度時計を見た。八時五十三分だ。

ヘリコプターでも使わない限り、九時十五分に、T大構内に入ることは不可能だった。

眼の前が、真っ暗になるのを感じた。受験して落ちたのなら、まだ、両親にいいわけが出来る。だが、寝過ごして、受験できなかったというのでは、合わせる顔がない。友人にも嘲笑されるだろう。

「畜生！　死にたいよオ」

と、声に出して叫んでみたが、叫んだところで、どうなるものでもなかった。こうしている間にも、時間は、どんどん過ぎていく。一応、服を着て、靴下もはいたが、もう、九時二分前になってしまっていた。

昌彦の顔が、次第に蒼白になっていく。

とにかく、行くだけは行ってみようか、もっともらしい遅刻の理由を考えて、試験場へ入れて貰おうか。

（他に方法はなさそうだ）

と、思い、昌彦は、立ち上り、ドアのところまで歩いて行って、彼は、急に立ち止まった。

2

昌彦は、電話の前に座り込むと、受話器を取りあげた。

T大事務局の電話番号を回した。ちょっと指先がふるえたが、受験もしないで、あとで嘲笑されることを考えれば、怖くなかった。

「こちら、T大事務局ですが」

中年の男の声がいった。

「よく聞くんだ」

と、昌彦は、わざと、押し殺した声で、すごんで見せた。高校時代に、演劇部に属していたことが、こんな場合に、少しは役に立った。

「何のことです？」

「おれは、T大に恨みを持っている。だから、試験場に時限爆弾を仕掛けておいた。受験者が、試験場へ入ってから、爆発するぞ。そのようにセットしておいたからな。爆発まで、あと数分だ」

「ちょっと待ってくれ！」

電話の向うで、男が、あわてていった。

「待っても仕方がないよ。もうすぐ、爆発するんだ。死人を出したくなかったら、早く受験生を避難させるんだな」

「爆弾を仕掛けたのは、本当なのかね？」

「嘘だと思うなら、そう思っていればいいさ。死人が出てから、後悔しても遅いぞ」

「なぜ、爆弾なんか仕掛けたんだ？」

「T大に恨みがあるといった筈だよ。おれの親父は、T大出の上役に馘《くび》を切られた。おれ自身は、もう二回もT大の受験に失敗した。だから、いっそのこと、T大を爆破してやろうと考えたんだ。早くしないと、死人が出るぞ！」

最後は、大声でいって、電話を切ると、昌彦は、マンションを飛び出した。

今の脅迫電話が、果して、効果があるかどうか、昌彦自身にもわからない。いちかばちかの電話だった。失敗すれば、それで終りか、もし、T大側が、昌彦の電話を信じてくれれば――いや、少しでも可能性あると考え、試験場から受験生をいったん外に出して、教室内を調査してくれたら、今からでも、受験が間に合うのだ。

外へ出ると、すぐ、タクシーを拾い、T大へやってくれと頼んだ。

T大の正門前に着いたのは、九時三十二分だった。

「お客さん。何か知らないが、パトカーが何台も駐《とま》ってますよ」

と、運転手が、眉をひそめて、昌彦を見た。

運転手のいう通り、校内に、数台のパトカーが見えた。

（あの電話の効果があったんだ）

と、思うと、昌彦は、自然に、顔がほころんでしまった。

タクシーの運転手は、ニヤニヤ笑っている昌彦を、うす気味悪そうに見ていたが、彼が料金を払うと、そそくさと、アクセルを踏み、車を走らせて行った。

昌彦は、校門から中に入った。

試験場の方へ歩いて行くと、案の定、受験生たちが、外へ出されていた。

昌彦は、自分の入る試験場のところへ行き、受験生の中にまぎれ込んだ。

試験場の中を、制服姿の警官や、T大の職員が、歩き廻っているのが見えた。恐らく、「時限爆弾」を探しているのだ。

受験生たちが、建物に近づこうとすると、警官が、

「危険だから、退《さが》って！」

と、怖い顔で叫んだ。

受験生たちは、不安と好奇心の入り混った顔で、試験場を見つめている。

「人騒がせだな」

と、誰かが、いらいらした声でいった。

「爆弾なんか、あるものか」

「いや。過激派がやったのかも知れない。彼等は、

T大を潰すのが目的だからね」

「爆発したら、どうするんだろうな？　他の試験場でやるのかな」

さまざまな声がする一方で、試験場に背を向け、このひまに、英単語を、もう一度、暗記しようとしている受験生もいる。

全ての試験場が、隅から隅まで調べられた。

ハンドマイクを持った係員が、

「安全が確認されましたから、皆さん、試験場へ入って下さい」

と、受験生にアナウンスしたのは、およそ一時間たってからである。

昌彦も、もちろん、他の受験生と一緒に、試験場に入り、自分の受験番号の書いてある机に腰を下した。

電話作戦は、まんまと成功したのである。

3

野球でも、ファウルフライを打ちあげて、しまったと思っていると、それを相手の野手が落球してくれ、気をよくしてヒットを飛ばすことがあるらしい。

昌彦も、いったん諦めかけた試験を受けられたことに気をよくしたせいだろう。自分でも驚くほど、日頃の実力を発揮することが出来た。

前の二回のときは、自信がなく、合格発表を見に行くのが怖かった。結局、二回とも落ちていたわけだが、今度は、自信があった。

「多分、大丈夫だよ」

と、昌彦は、その日、マンションに帰ってから、名古屋の両親に、電話で報告した。

夕刊には、T大の爆弾騒ぎが、大きくのった。

〈T大受験で、爆弾騒動〉

〈犯人は、T大に恨みを持つ男か？〉

〈受験生五千五百人が、一時間にわたって避難〉

そんな文字が、新聞の社会面を賑わせた。

テレビのニュースでも、パトカーが駈けつけた騒ぎを、写し出した。

昌彦は、ビールを飲みながら、テレビのニュースを楽しんだ。恐らく、この事件は、犯人がわからないままに、終ってしまうだろう。昌彦は、電話を逆探知されるほど、長くはかけなかったし、警察は、今日の入学試験を受けなかった人間の中に犯人がいると考えているだろう。だから、今日受験した昌彦は、絶対安全なのだ。

昌彦の予想どおり、警察が、彼を訪ねてくることもなかったし、犯人が見つかりそうだという記事ものらない中に、合格者発表の日がやって来た。

春らしい、生あたたかい小雨が降る日だった。

T大の合格者は、新聞や週刊誌にのるし、テレビでも報道されるので、昌彦が、校門を入った時には、テレビ中継車が、二台も来ていた。

昌彦は、掲示板を見上げた。

右から左へ、見ていく。

（あった！）

と、思わず、小さく叫んでいた。今度は自信があった。といっても、二浪しているので、やはり、自分の番号と名前を見つけるまでは、不安だった。

何となく、涙があふれて来て、眼の前がよく見えなくなった。

それが、照れくさくて、昌彦は、掲示板の傍を離れて、校門の方へ歩き出した。自然に、足どりが軽くなってくるのは仕方がない。

どこか、公衆電話があったら、名古屋の両親に報告したいと思ったが、電話は、みんな、合格した受験生に占領されていた。

（マンションに帰って、両親に電話しようか）

と、考えて、校門を出たとき、ふいに、背後から、肩を叩かれた。

「え？」

という感じで振り向くと、無精ひげを生やした男が、立っていた。

ジャンパーに、Gパン、それにスニーカーという恰好だが、どれもくたびれていて、さえない服装だった。

年齢は、二十二、三歳というところだろうか。

昌彦の知らない男だった。


「君の名前は、確か、木村君だったね。受験番号は、一三〇九番だ」

と、男は、確認するようにいった。

「ええ、そうです」

昌彦が、丁寧に肯《うなず》いたのは、ひょっとすると、この男は、T大の在校生かも知れないと思ったからである。

「僕の名前は、佐藤幸一郎だ」

と、相手は、勝手に名乗った。

「どんなご用ですか？」

「どうやら、君は、合格したらしいね。おめでとう」

「ありがとうございます」

「僕は、残念ながら落ちてしまった。これで、五浪だ。T大以外は、行きたくないんでね」

佐藤幸一郎は、ぼそぼそした声でいった。

（在校生でなくて、受験生だったのか）

と、思いながら、昌彦は、相手の用件がわからず、もう一度、

「どんなご用ですか？」

と、きいた。

「ここでは何だから、近くの喫茶店にでも入らないかね？」

「しかし、僕は、急いでいるもんですから」

「なるほど。両親や友人に、T大合格を知らせるというわけだね」

「そういうわけじゃありませんが――」

「いいさ。合格したら、一刻も早く知らせたいと思うのが人情だからね。ただ、僕の方の用件も、急いでいるんだ」

「早く用件をいってくれませんか？」

昌彦は、当惑した顔で、相手を見つめた。

「僕は、今もいったように、今回も落ちた。また一年間、T大を目ざして、受験勉強をしなければならない」

「それが、僕と、どういう関係があるんですか？」

「君も知っているだろうが、受験勉強というやつは、なかなか、金のかかるものでね。五浪ともなると、親に面倒をかけるわけにもいかなくてね。その分を、君に出して貰いたいんだ。一ヶ月十万円でいい。来年の受験までだから、百二十万円だ」

4

昌彦は、思わず、笑い出した。

佐藤という男の話が、あまりにも、とっぴだっ

たからである。

「ええと――?」

「佐藤だ。佐藤幸一郎だ。年齢は二十三歳」

「ねえ。佐藤さん。なぜ、僕が、あなたの生活費を出さなきゃいけないんです? 僕が合格して、あなたが落ちたからですか?」

「それもある」

「そんな無茶な。第一、僕は、学生なんだから、他人の生活費なんか出せませんよ」

「両親に出させるんだな」

「そんな馬鹿な。あなたの面倒をみなきゃならん理由はない」

昌彦は、腹が立ってきて、佐藤に背を向けて、立ち去ろうとすると、相手は、昌彦の腕をつかんで、

「知っているんだ」

と、低い声でいった。

昌彦は、相手の腕を振り払うようにして、

「知ってるって?」

「もちろん、例の事件のことさ。受験の日の爆弾騒ぎのことだよ。あれは、君がやったんだ」

「――」

昌彦は、一瞬、言葉を失って、呆然と、佐藤を見つめた。

佐藤は、自分の言葉の効果に満足したように、ニヤリと笑い、不精ひげをなぜている。

「何のことかわからないね」

と、昌彦は、辛うじて、反発した。

「わかっている筈だよ。君がやったことだから、よくわかっているんじゃないかい? 時限爆弾を仕掛けたと脅迫電話をかけると、どのくらいの罪になるのかねえ。単なる罰金刑じゃすまないんじ

ゃないかな」

「何のことだ？」

「例の爆弾騒ぎのことだよ。一時間も、試験場から外に出されていたんじゃないか？　覚えていないのかい？」

「あの事件なら、もちろん覚えているさ。だが、それと僕が関係しているというのがわからないね。僕だって、あの時は、被害者だったんだ」

「ここで話していいのかな？」

佐藤は、周囲を見廻した。

合格した連中だろうか、五、六人のグループが、はしゃぎながら、二人の横を通り過ぎて行く。

新しく、また一台のテレビ局の中継車が入って来た。

「喫茶店へ行こう」

と、昌彦がいった。


二人は、T大の近くにある喫茶店に入った。奥のテーブルに腰を下し、コーヒーを注文してから、佐藤は、ごそごそと、セブンスターを取り出して火をつけた。

「パチンコでとったんだ。五浪もしていると、パチンコと麻雀《マージャン》ばかり上手《うま》くなってねえ」

佐藤は、また、不精ひげの生えている顎のあたりを、なぜた。そんな貧乏たらしい喋り方や、動作に、昌彦の方は、次第に、いらいらしてきて、

「早く、いいたいことをいってくれないか」

と、とがった声を出した。

「その前に、まず、コーヒーを飲ませてくれよ」

と、佐藤がいい、運ばれてきたコーヒーに、砂糖を、だぶだぶ入れてから、美味そうに飲んだ。

昌彦は、飲む気になれず、そのままにしていると、佐藤は、「飲まないのか？」と、きき、昌彦

が肯くと、不遠慮に、自分の方へ持って行き、また、たっぷりと砂糖を投げ入れた。

「あの日だがねえ」

と、佐藤は、コーヒーを口に運びながら、窺うように、昌彦を見た。

「僕は、八時三十分に着いて、試験場の下調べをした」

佐藤は、そういって、また、ちらりと、昌彦を見た。

「それで？」

「九時の試験開始間際になって、突然、僕たち受験生は、外へ出されてしまった。教室に、時限爆弾を仕掛けたという電話があり、それを調査するというんだ。ひどいことをする奴がいるなと、僕は思ったよ。一年間、血の滲むような受験勉強をしてきた受験生にとっては、いい迷惑だからね。君だって、そう思うだろう？」

「ああ」

「パトカーが何台もやって来たが、調査の方は、なかなか、終らないんだ。それで、僕は、校門の方へ歩いて行った。そこで、君を見たんだよ」

「――――」

「校門の外にタクシーが止まって、君がおりて来たんだ。その時、なぜか君は、ニヤニヤ笑っていた。僕は、ああ、遅刻してしまったけど、試験開始がおくれているんで、喜んでいるんだなと思った。他に考えられなかったからね。おくれて来た君は、T大で何が起きたか知らない筈だ。それが、当然だろう。だから、君は、近くにいる受験生なり、T大の人間に、何が起きたかをきくだろうと思った。僕が、教えてやってもいいと思っていたんだ。ところが、君は、近くにいた人間に、何も質問せず、どんどん、第二〇六番教室の方へ歩いて行く。僕も、その教室が試験場なので、君のうしろから歩いて行った」

「覚えていないね」

「そんなことは、どうでもいい。問題なのは、第二〇六番教室の前へ来ても、君は、そこにいる受験生たちに、何もきこうとしなかったことだ。これは、全く不可解な態度じゃないかね？　遅れて来た受験生なら、当然、しなければならない質問を、君は、全くしなかった。僕は、頭をひねったよ。そして、結論を下した。君は、何が起きたか、知っていたんだとね。しかし、遅れて、タクシーで駈けつけた君が、何が起きたか知っている筈がない。だが、知っていた。となると、どうなるんだろう？」

「知らないね」

「こういうことになるんだ。試験場に、時限爆弾を仕掛けたと電話した男は、誰でもない、君なんだとね」

佐藤は、ずばりといい、また、窺うように、昌彦を見た。

昌彦は、顔から、血の気が引いていくのを感じた。この男は、不精ひげなんか生やしていて、一見、ひどく鈍感のようだが、どうして、どうして、鋭い感覚を持っている。

昌彦は、辛じて、立ち直ると、

「馬鹿なことはいわないでくれ」

と、いい返した。

佐藤は笑っただけである。

「そんな風に、ムキになるのは、まずいねえ。自分がやったと自供しているようなものだ。全く君が無関係なら、ポカンとするものだろう。それが、正常な反応というものだよ。ところが、君は、僕の指摘に対して、顔色を変え、ムキになって否定した。まずかったねえ。自分で、おれがやったといっているようなものだ」

佐藤は、妙にゆっくりした口調でいう。それが余計に、昌彦の神経をいらだたせた。自然に、昌彦は、声を荒らげて、

「僕がやったという証拠でもあるのか?」

と、きいた。

「状況証拠はあるよ。僕が証人だ。受験の日の君の不可解な行動を、僕が証言すれば、多分、警察は興味を持つと思うねえ。それに、君を乗せて来たタクシーの運転手だ。僕は、これで、なかなか暗記力がよくてね。あの時のタクシーのナンバーを覚えているんだ。恐らく、あのタクシーの運転手が、君が受験におくれたことを証言してくれるだろう。そうすると、間接的に、僕の証言の確かさが証明されることになる。君の乗って来たタクシーは、ニッサン・ブルーバードで、会社は、太陽交通。ナンバーは――だ。運転手は四十五、六歳で、頭は禿げかかっていた」

佐藤は、すらすらといった。

昌彦には、彼のいった車のナンバーが正しいかどうかわからなかった。何しろ、あの時は、タクシーのナンバーを見るどころではなかったからである。だが、運転手の感じは、佐藤のいう通りだった。年齢は四十五、六歳だったし、頭が禿げていた。従って、ナンバーも正確である確率が高いのだ。

「しかし、だからといって、なぜ、僕が君に金を払わなきゃならないんだ?」

「やっと、脅迫電話をかけたことを認めたね?」

「認めてはいない」

「いいんだよ。なかなかのアイデアだと、僕は感心しているんだ。試験の開始をおくらせるには、ちょっと他に方法は思いつかないからね。僕が、君の立場だったら、同じことをやったかも知れない。いや、僕には出来ないかも知れん。それだけの勇気がないからね。だから、一層、君の行動力に感心しているんだよ」

「それなのに、金をよこせというのは、おかしいじゃないか？」

「僕が合格していたら、そんな要求をしないさ。それどころか、君の知慧《ちえ》と行動力に乾盃《かんぱい》しているだろう。嘘じゃない。僕は、悪人というやつに、大いに魅力を感じるんだ。ただ、残念なことに、僕は、入試に落ちてしまった」

「それが、僕の責任だというのか？」

「気勢をそがれたんだよ。今度こそと勢い込んで、試験の開始を待っていたら、突然、爆弾騒ぎが起きて、試験場から追い出されたんだ。僕はむさくるしい恰好をしているが、非常にデリケートな人間でねえ。あの騒ぎで、神経が参ってしまったことは事実なんだ。だから、犯人である君に対して、その弁償を求めるのは、当然の権利じゃないかね？　しかも、犯人の君は、合格しているんだから」

佐藤は、理屈にならない理屈を並べ立てた。少くとも、昌彦から見れば、無茶な要求だった。

「僕が、君のいう通りに電話した人間だとしても、入試に落ちたのは、君自身の責任だよ。なぜ、僕が、君の生活費を払わなきゃならないんだ？」

「それは、何度もいうが、君が犯人だからさ。それだけで十分だ」

「警察が逮捕できるような証拠はないぞ」

「別に警察へ君を突き出す必要はないさ。君も、浪人の経験があるようだから、わかると思うが、受験生というのはね。入試に落ちた時、どんな些《さ》細《さい》なことでも、落ちた理由にしたがるものさ。あの爆弾騒ぎの犯人が君で、しかも、当人は合格していると、落ちた連中に知らせたら、どういうことになるだろうねえ。君が、T大に通えなくなることだけは確かだよ」

「僕を脅すのか？」

「かも知れないな。いや、脅かしてるんだ。どうするね？」

「僕が否定したら？」

「君は、僕との会話の中で、犯人だと認めるようなことを口にしてしまっているよ」

　佐藤は、おもむろに、ジャンパーのポケットから、小型のテープレコーダーを取り出した。

「受験勉強に利用しているんだよ。質流れで買ったんで、君との会話が上手く入っているといいんだが」

5

　結局、昌彦は、佐藤の要求を呑んだ。

　警察に通告されても、絶対的な証拠はないのだという気はした。だが、佐藤という男には、何をするかわからない怖さを感じたのだ。

　T大に落ちた人間に、昌彦のことを知らせると、佐藤はいった。そのくらいのことは、やりかねない不気味さが、この男にはあった。

　何よりも、昌彦が怖かったのは、やっと、念願かなって入ったT大から振り落されることだった。

変な噂が立って、退学処分にでもなったら、両親にも、友人にも、合わせる顔がない。

それを考えると、昌彦は、佐藤の要求を呑むより仕方がなかった。

「一年間限りというのは、確かだろうね?」

と、昌彦は、念を押した。

「誓ってもいいよ。僕だって、すこしでも早く、浪人生活の足を洗って、大学に入りたいんだ。この五年間、生活費をかせぐ方に労力を取られて、勉強もままならなかった。今度は、一年間、君が生活費の面倒をみてくれるんだから、安心して、勉強が出来る。絶対に、来年は、T大に合格してみせるよ」

「そうしてくれないと、僕も困る」

「来年、T大に入ると、君の後輩になるんだな」

佐藤は、そういい、楽しそうに、笑い出した。

が、昌彦は、ニコリともしなかった。

昌彦が、T大に合格したことに、名古屋の両親は、文字どおり狂気してくれた。さっそく上京してくると、いろいろと、金がいるだろうと、百万円の預金通帳を渡してくれたのは、母の弓子だった。名義は昌彦になっていて、キャッシュカードがついていた。つまり、同系の銀行なら、どこでもおろせるようになっているということである。

「これは、お父さんからのプレゼントよ」

と、弓子はいったが、あとから、父が、半分、母のお金だと教えてくれた。若い継母《はは》は、父と共働きをしている。

両親が帰った次の日だった。

一通の手紙が、マンションの郵便箱に入っていた。

右あがりの癖のある字で、「木村昌彦様」と書いてある。

差出人の名前を見て、昌彦は、眉をひそめた。そこに、「佐藤幸一郎」とあったからである。

安物の封筒だった。

中の便箋も、ふちのところが黄ばんでいる。買ってから、長いこと、使わずにいたのかも知れない。

（あいつには、ガールフレンドなんかいないだろう）

だから、ラブレターを書くこともなかったに違いない。この便箋だって、一年も、二年も前に買ったのだろう。

そんなことを考えながら、昌彦は、便箋を広げた。

〈T大入学おめでとう。

この言葉を、僕は、人からいわれたくて四年間努力して来たのに、他人に対していわなければならないのは、皮肉なものだ。

君のマンションを拝見した。なかなかいいマンションじゃないか。君のご両親の君に対する期待がわかって、羨ましい限りだ。僕にも、金持ちの両親がいて、マンションの静かな一室を与えてくれていたら、四浪もせずに、T大に入れていたろう。

さて、今月の生活費のことだが、至急、送って欲しい。

銀行振込なら、M銀行代田橋支店の佐藤幸一郎名義の普通預金だ。

念のために書いておくが、この口座には、あと六百円しか残っていない。早く送金してくれないと、僕は餓死することになるが、その前に、警察に君のことを話してしまうだろう。

期待しているよ。

今日は、ラーメン一杯しか食べていない〉

なんと、しめっぽい脅迫状だろう。まるで哀願だ。だが、それが、かえって、昌彦には怖かった。

昌彦は、腕時計を見た。その腕時計も、入学祝いに、父親が買ってくれたものだった。国産品を持っているからいいというのに、わざわざ、十三万円もするロンジンを買ってくれたのである。

まだ、銀行が開いている時間だった。

昌彦は、キャッシュカードで、十万円をおろし、それを、佐藤が指示して来た相手の口座に振り込んだ。至急にして欲しいというと、手数料として、五百円とられた。そんなことも、昌彦を、いらだたせた。なぜ、こんなことまでして、赤の他人の佐藤に、一ケ月十万円の生活費を送ってやらなければならないのか。

それでも、送金を終って、マンションへ帰って来ると、やはり、ほっとした。これで、四月一杯は、佐藤のことを考えずにすむからだった。

T大生としての生活は、快適だった。何よりも、もうあの受験勉強をしなくていいことが有難かった。受験勉強をやっていた内は、人生が灰色に見えたものだが、今は、バラ色に近くなった。第一、T大生ということだけで、近所の人たちの見る眼が違ってきた。

(まあ、一ケ月、十万円ぐらいの支出は、がまんしなければならないな)

と、昌彦は、自分にいい聞かせた。

五月も、一度だけ、佐藤が、さいそくして来て、昌彦は、十万円を彼の口座に振り込んだ。

毎月十万円の支出は、なんとしても、しゃくに触るが、佐藤の方も、それ以外には、何も要求して来なかった。

それが、六月になって、おかしくなった。

五月に、十万円を送ったにも拘らず、十五日になると、電話が掛って来た。

「申しわけないんだが、あと十万円送って欲しいんだがね」

と、佐藤がいった。申しわけないといいながら、妙に押しつけがましいいい方だった。

「なんで、余分に十万円も必要なんだ？」

昌彦が、とがった声できくと、

「旅行がしたいんだ。六畳一間の狭い部屋にいると、気が滅入ってしまってねえ。このままだと、勉強に身が入らない。だから、気分転換をしたいんだ。そうして、また、新たな気分で勉強をしたいしと思ってね。君だって、僕が、来年、またT大に落ちたら困るだろう？」

「なぜ困るんだ？」

「来年も、君に生活費を出して貰いたくなるかも知れないからだよ」

「なんだと！」

昌彦が怒鳴ると、佐藤は電話の向うで、

「いや、そうなったらといってるだけだよ。僕だって、来年は、T大に入りたいからね。そのためにも、気分転換が必要なんだ。いらいらしてくると、全てを警察に話してしまおうかという気になってくるんだよ」

と、いった。佐藤は、脅しているのだ。

昌彦は、結局、余分の十万円を、佐藤に送った。

七月になると、佐藤の要求が、ますますエスカレートして来た。

暑くてたまらないから、アパートの部屋にクーラーを入れたいといって来た。その代金十五万円を、生活費の十万円の他に送れといって来た。

それがすむと、今度は、予備校の仲間と、沖縄に行くことになったので、旅費が欲しいといって来た。

〈予備校の仲間も、夏の間に身体を鍛えておかなければ、受験戦争に勝てぬといっており、僕も大いに同感するところがあった。そのため、一週間沖縄に行き、向うで身体を鍛えながら、勉強したい。ついては、旅費その他の費用として十六万円を至急、送って欲しい〉

ぬけぬけと、そんな手紙をよこした。

昌彦は、これも、我慢して、佐藤の口座に、十六万円を振り込んだ。

母の弓子がくれた百万円は、みるみる中《うち》に消えてなくなってしまった。父からは、毎月十万円を送金してくれていたが、それで足りるわけがなかった。

ロンジンの腕時計は、質屋に入ってしまったし、大学が夏休みに入ると、昌彦は、アルバイトを始めた。

（おれがアルバイトをしているのに、おれから金を貰っている佐藤が、沖縄の海で、のうのうと遊んでいるなんて、めちゃくちゃじゃないか！）

と、腹を立てながらのアルバイトだった。

ただ、T大生というだけで、有利な家庭教師のアルバイトがあった。子供を持つ母親が、家庭教師を雇う時、やはり、T大生を希望するのだ。

そんな現実にぶつかると、昌彦は、一層、T大に入ってよかったと思い、佐藤なんかのために、それを棒に振ってたまるかという気になった。

八月、九月となるにつれて、佐藤の態度は、いよいよ図々しくなり、明らかに、遊興費と思われる金まで要求してきた。

それを、かくそうともしなくなった。

〈たまには、女遊びをして、発散させなければ、勉強に身が入らず——〉

などと、平気で書いてくるのだ。

八月は三十万、九月になると、実に五十万もの金を、佐藤にとられた。

父には、嘘をついて、臨時に金を送ってもらい、それを、佐藤に送ったりもした。

十月になると、昌彦は、我慢の限界に達した。

彼自身が生活していく金に困り始めたのだ。両親には、これ以上の無心は出来なかったし、質屋に持っていく品物もなくなってしまった。

学校が始まっては、そうアルバイトもしていられない。

T大をやめる気にさえなれば、佐藤の脅迫は怖くはないのだが、二浪の末にやっと入ったT大をやめる気にはなれなかった。第一、T大を出れば、将来を約束されるのだ。だから、T大をやめることは、将来を捨てることにもなると、昌彦は思った。

となれば、もう佐藤を殺すよりなかった。

十月上旬の夜おそく、昌彦は、ジャックナイフを買い求め、それをポケットに入れて、佐藤のアパートを訪ねた。

佐藤は、部屋にいた。

六畳の狭い部屋に、真新しいクーラーや、カラーTV、冷蔵庫などが置いてある。どれも、昌彦の金で買ったものだった。

佐藤は、昌彦の顔を見ると、封をし、五十円切手を貼った封筒を、ニッコリ笑って、昌彦に見せた。

いつもの封筒だった。また、理由をつけて、昌彦から、金をむしりとるつもりなのだろう。

「これを、明朝になったら、出そうと思っていたんだ。持って行ってくれるかね？」

と、佐藤が笑いながらいった。

「ああ、持って行くとも」

昌彦は、その手紙を受け取って、ポケットに入れ、代りに、ジャックナイフを取り出した。

佐藤が、また、机に向って便箋を広げ、万年筆を構えた。

その背中に向って、思いっきり、ナイフを突き刺した。

二度、三度と、今までの積りに積った怒りをぶつけるように、ナイフで刺した。

佐藤の身体が、床に転がり、そのまま動かなくなった。

昌彦は、ナイフを抜き取って、ポケットにしまうと、部屋についた指紋を拭き取って外へ出た。

昌彦は、マンションに戻ると、ポケットから、佐藤の書いた手紙を取り出した。

とにかく、こんなものは、すぐ焼き捨てなければならない。灰皿を持って来て、ライターに火をつけたが、急に、どんな理屈をつけて、新しい金の無心をしたのか知りたくなって、封を切った。

〈僕は駄目になってしまった。

君から、金を貰い、それで生活し、遊んでいるうちに、そんな生活に慣れてしまったんだ。勉強する意欲もなくなってしまった。あわてて、元の自分に戻ろうとしたが、もう駄目なんだ。安易さに慣れてしまったからだ。

僕は、気が弱いんだ。立ち直る気力がない。このままでいけば、来年、T大に入れる可能性はゼロだ。

自分が嫌になった。だから、自殺する。僕みたいな人間にとっては、立ち直るより、自分の生命を絶つ方が、楽だからだよ。この手紙が着く頃、僕は自殺しているだろう。

これからは、安心して勉強したまえ。もう無心の手紙は行かない筈だから〉

危険なサイドビジネス

1

最初は、腕時計だった。

伊原健一郎は、二十九歳のサラリーマンである。

大学を出て、今の中堅商社「新中央貿易」に入社して六年、去年、係長になった。出世コースに乗ったといってもよかった。

最初、会社の寮に住んだが、係長に昇進したのを機会に、寮を出て、マンションを借りた。

新宿から、京王線で五、六分のところに建つ中古マンションだが、２ＬＤＫで、部屋代は八万円だった。

八万円もの部屋代を払って、マンションを借りたのは、結婚を約束した彼女が出来たからである。

マンションの生活は、快適だった。隣近所とのつき合いも殆どないし、錠を下してしまえば、自分一人だけの、或いは彼女との二人だけの世界にひたれるからだ。

少くとも、つい最近まで、伊原は、そう思っていた。

そのムードがこわれたのは、今年になってからだった。

そして、そのきっかけになったのが、腕時計である。

二十九歳のサラリーマンが、平均、いくつの腕時計を持っているかわからないが、伊原は、三つ持っていた。

二つは、伊原自身が買ったもので、三つめは、去年七月十六日の誕生日に、恋人の小野田冴子からプレゼントされたものである。

いずれも、そう高価なものではない。

一番高いものでも、国産のアナログ時計で、五万円である。

あとの二つは、デジタル時計で、どちらも二万円台のものだった。

伊原は、その三つの腕時計を、適当に取りかえて、はめていた。

一月八日の火曜日。

もうおとそ気分も消えていた。残業があって、マンションに帰ったのは、午後九時を回っていた。

カギをあけて部屋に入ると、いつものことだが、2LDKの部屋は、冷え切っている。

石油ストーブのスイッチを入れ、風呂のガスを点火してから、着がえにとりかかった。

いつもの通りだった。

静岡の母親から送って来た丹前に着がえ、ベッドに寝転がり、夕刊に眼を通しながら、風呂のわくのを待つ。

夕食は、帰宅の途中ですまして来た。

風呂は、冬だと、わくまでに四十分はかかる。
三十五、六分たったところで、伊原は、ベッドからおりて、まず、腕時計を外す。不思議なもので、風呂に入るときの順序というものが、いつの間にか決ってしまっている。
いつもなら、寝室で裸になって、腰にタオルを巻きつけて、バスルームへ突進するのである。

だが、外した腕時計を、いつものように、テーブルの上に置いたところで、伊原の手が止まってしまった。

今朝、出社するとき、三つの腕時計をテーブルの上に出して、どれにしようか迷ったのである。

結局、アナログの腕時計にしてマンションを出たのだが、あとの二つは、テーブルの上に出したままにしておいた。

今も、腕時計が二つ、テーブルの上にのってている。

しかし、その片方のデジタル時計が、いつも見なれたものと違うのだ。

一瞬、眼の錯覚かと思い、手に取って見たが、やはり、違っている。

去年、冴子からプレゼントされたものは、新しい型のデジタル時計だが、もう一つは、デジタルが出はじめた頃に買ったので、全体に部厚く、やぼったい。

それが、薄型の、最新型のデジタル時計に変っているのである。

伊原は、しばらくの間、風呂に入るのも忘れて、呆然としていたが、枕元の電話に手を伸ばすと、冴子の家のダイヤルを回した。


最初に母親が出て、伊原が名前をいうと、すぐ冴子に代ってくれた。

「君は、会社の帰りに、僕のところへ寄ってくれたかい?」

と、伊原は、きいた。

「寄らないけど、なぜ?」

と、冴子が、きき返してきた。

「それならいいんだけどね。僕は今日、残業があって、今、帰って来たんだ。もし、君が待っててくれたのなら悪いと思ってね」

「今日は、私も、用事があって、ついさっき、帰って来たの」

「そうか」

「何かあったの?」

「明日の昼休みに、いつもの喫茶店で会いたいね。その時に話すよ」

と、伊原はいった。

2

冴子は、伊原の会社が入っている超高層ビルの中にある自動車会社の営業所で働いているOLだった。

次の日の昼休みに、二人は、ビルの地下にある喫茶店で会った。

伊原は、問題の腕時計を、冴子に見せた。

冴子は伊原の話を聞きながら、不思議そうに、時計を見ていたが、

「この時計、買うと二万八千円するわ」

「よく知ってるね」

「去年、あなたの誕生日に、腕時計をプレゼントしたでしょう。あの時、これもいいなと思ったの。同じ値段だしね。でも、おかしなことがあるものね」

「部屋のカギは、二つあって、君に一つ渡してあるだろう。だから、君かなと思ったんだけどね」

「私がプレゼントするなら、またデジタル時計なんかにしないわ」

「それもそうだな」

「全然、心当りはないの?」

「ああ。それで、薄気味悪くてね」

「マンションの管理人さんは、マスターキーを持ってるんじゃなかった? 万一の時のために」

「ああ。住人がカギを失くしてしまった時なんかのためにね。しかし、あの管理人が、こんな馬鹿なことをやるとは思えないね。する理由がない」

「取りかえられた腕時計だけど、ひょっとして、すごく値打ちのあるものじゃなかったの?」

と、冴子がきいた。

伊原は、苦笑しながら首を横に振った。

「骨とう品として値打ちのあるようなものなら、まだわかるんだけどね。君も、見たからわかると思うんだが、型の古いデジタル時計で、今なら、千円だって売れないと思うよ。あんなものと、この新しいデジタル時計と、取りかえた奴の神経がわからなくてね。それだけに、余計、気持が悪いんだ」

「どうするの？」

「それで、君にも話したんだがねえ。警察に届けた方がいいだろうか？」

「わかんないな」

と、冴子も、考え込んでしまった。

結局、伊原は、その日帰宅すると、駅前にある派出所に行き、そこにいた中年の警官に話してみた。

中年の警官も、「妙な話ですねえ」と、首をかしげてしまった。

「あなたの留守に入った泥棒が古ぼけた腕時計を持ち去って、新しい腕時計を置いていったというわけですか？」

「そうなんです」

「他に盗られた物はないんですか？」

「念のために、部屋中を調べてみましたが、何も盗られていませんでした」

「あなたの友だちが、いたずらしたとは考えられませんか？」

管理人に部屋を開けさせてです」

「それも考えて、きいてみたんですが、管理人は、昨日、誰も僕を訪ねて来なかったというんです」

「うーん。そうなると、妙な事件というより仕方がありませんねえ」

「どうしたらいいでしょうか?」

「一応、報告はしておきますが、別に実害はなかったわけですからねえ。われわれとしても、どうしたらいいか」

と、警官は、肩をすくめた。

その警官がいった通り、誰も調べに来なかった。

警察も、凶悪事件に追われて忙しく、伊原が味わったような妙な、実害のない事件などにかかわってなどいられないのだろう。

三日、四日と、何ごともなく過ぎた。

そして、六日目の一月十四日になって、第二の事件が起きた。

今度は、一万円札だった。

3

いつものように、昼休みに、地下の喫茶店で、冴子に会った。

「あの腕時計、どうなったの?」

と、コーヒーを飲みながら、冴子がきいた。

「まだ話してなかったかな?」

「ええ。警察は何もしてくれないって、ぼやいていたのは聞いたけれど」

冴子はクスッと笑った。

「警察は、泥棒が勝手に置いていったものだから、使っていて構わないというんだけどね。こっちにしてみれば、薄気味悪くて、使えやしないよ」

「でも、結局、トクしたんじゃない?」

「そりゃあ、そうかも知れないが、誰かが、僕の留守中に部屋に勝手に入ったと思うと、嫌な気分なんだ」

「確かにそうね。心当りは、本当にないの？」

「いろいろ考えてみたんだが、あんなバカげたいたずらをする人間は、どうしても思い当らないんだ」

伊原は、そういってから、時間が来たので立ち上った。

レジのところで、内ポケットに手をやってから、伊原は、「あッ」と、小さく声をあげた。

「どうしたの？」

と、冴子がきいた。

「財布を家に忘れて来ちゃったんだ」

「いいわ。私が払っとく」

「悪いね」

「その代り、今日、一緒にあなたのマンションに行くから、何かご馳走して」

「よし。腕をふるって、何か作ってやるよ」

と、伊原は、いった。

待ち合せて、二人で、伊原のマンションに帰った。途中で、すきやき用の肉や野菜を買い求めたが、これも、もちろん、冴子が出した。

部屋に入ると、伊原は、居間のテーブルに突進した。

「ほら。やっぱり、ここにあった！」

と、伊原は、テーブルの上にのっていた財布をつかみあげて、冴子に示した。

「テーブルの上に忘れたと思っていたのさ。金は、君に立て代えて貰った分を、すぐ返すよ」

「いいわよ。それより、早くストーブつけなきゃ、寒くてかなわないわ」

冴子は、笑って、居間のストーブを点火した。

その炎を調節しながら、冴子は、伊原を見上げて、

「どうしたの？　変な顔して」

と、きいた。

伊原が、呆然として、財布の中を見つめていたからだった。

「おかしい――」

と、伊原が、呟いた。

「お金が無くなっているの？」

「いや。増えてるんだ」

「え？」

「確か、この中には、五万六千円入ってたんだ。一万円札が五枚に、千円札が六枚だ。ところが、一万円札が、六枚になってるんだよ。一枚増えてるんだ」

「勘違いじゃないの？」

「いや、絶対に違うよ。昨日、金がなくなってしまったんで、あわてて、キャッシュ・カードで、五万円おろしたんだよ。昨日のことだから、はっきり覚えてるさ。だから、一万円札は、五枚しかない筈なんだよ。それが、いくら数えても六枚ある」

伊原は、財布を、冴子に差し出した。

冴子も、一枚二枚、と数えてから、

「確かに、六枚あるわ」

「だろう」

「キャッシュカードで五万円おろした時、一万円以上持っていたってことはないの？」

「千円札ばかりしかなくなったんで、あわてて、おろしに行ったんだ」

「機械がこわれてて、五万円おろしたつもりなのに、六万円出て来ちゃったってことは？　それな

ら、一万円トクしたじゃないの？」

「違うよ。キャッシュカードを使ったとき、その場で、ちゃんと五枚数えたさ。だから、誰かが、僕の留守の間に、一万円札を一枚、この財布の中に入れたんだ」

「でも、誰がそんなバカなことをするの？」

と、冴子は、ニヤニヤ笑っている。

伊原は、むきになって、

「きっと、腕時計を取りかえた奴が、また、一万円札を置いていったんだ」

「でも、なぜ、そんなことをするのかしら？　完全に、損しているわけでしょう？」

「僕にも、そこがわからないんだよ」

伊原は、顔をしかめて考え込んでいたが、急に、

「あれ？」

と、大きな声をあげ、居間の隅に置いてある金魚鉢の方へ、大股に歩いて行った。

このマンションでは、犬や猫を飼うことを禁止されている。そこで、伊原が飼うことにしたのは、金魚だった。金魚なら、エサを忘れても、なかなか死なないと思ったからである。

「どうしたのよ？」

と、背後から、冴子がきいた。

「この金魚を見てごらんよ」

「元気に泳いでるじゃないの」

「いや、金魚の数だよ。一匹多くなってるんだ」

「本当？」

「ああ。この金魚鉢は、君と二人で、年末に買ったんだ」

「そうよ。もちろん、その時、金魚も一緒にね」

「あの時何匹買ったか覚えているかい？」

「一匹二百円の金魚を五匹買ったんだったわ。千

円払ったから、よく覚えてる」

「よく見ろよ。今はそれが、六匹になっている」

「本当だわ。あの時は、五匹とも普通の金魚だったのに、出目金が一匹まざってるわ。あの出目金は、どうしたの？」

「それは、僕がききたいんだ。いつの間にか一匹増えてるんだ」

「いつから？」

「それがわからないんだよ。ここのところ、エサもやってないし、ゆっくりと金魚を見てもいなかったからね。ひょっとすると、腕時計がすり代るもっと前かも知れない」

「気味が悪いわ」

「僕もさ。ちょっと待ってくれよ」

と、伊原が、急に、考える顔になった。

「どうしたの？　思い当ることがあったの？」

「いや。そうじゃない。これで、妙なことが三つだ。腕時計と、一万円札と、金魚だ」

「そうね」

「もしかすると、僕が気付かずにいて、他にも、妙なことが起きているかも知れない」

「どんなこと？」

「わからないさ。だから、君も一緒に、部屋の中を調べて貰いたいんだ」

伊原は、他の部屋の明りもつけて回った。

ストーブも、全部つけた。

何がどうなっていると、はっきりわかっているわけではないから、いざ探すとなると、なかなか、難しかった。

洋服ダンスをあけて、念のために、ネクタイの数も調べてみた。或いは、いつの間にか、二、三本増えているかも知れないと思ったからである。

しかし、ネクタイに異常はなかった。

別にコレクターではないが、ライターも、引出しの中に幾つかしまっていたから、それも数えてみた。しかし、これも、異常はなかった。

冴子は、女らしく、キッチンの湯呑みや、コーヒーカップを調べていたが、

「変ったところはないみたいだわ。伊原さんが、新しく買っていれば別だけど」

と、伊原にいった。

「いや、最近、何も買ってないよ」

「じゃあ、異常なしだわ。ここは」

と、冴子は、キッチンから出て来たが、居間の壁際に置いてある書棚に眼をやってから、

「あれ？」

と、声を出した。

「何だい？」

「書棚を見て」

「見てるよ」

と、伊原はいった。

伊原は、さほど読書家というわけではない。

だが、居間の調度品という意味をも含めて、大きめの書棚を買い、その棚に、百科辞典や、日本文学全集などを買って並べてある。

最近のベストセラーも、あった。

「別に、おかしいところは、どこにもないと思うけどね」

「気がつかない？」

「ああ」

「日本文学全集をよく見て。第一巻が二冊あるわ」

4

伊原は、それに気付いたとき、ふと、背筋を冷たいものが走るのを感じた。

確かに、第一巻が、いつの間にか、二冊になっているのだ。

「第一巻だけ、もう一冊、買ったの?」

と、冴子が、きいた。

「そんなことするものか。この全集を買ってから、碌《ろく》に読んでないんだ。第一巻だって、眼を通してない。それなのに、どうして、第一巻を、もう一冊買わなきゃならないんだ」

「私に怒っても仕方がないわ」

「ごめん。何となく、いらいらしちまってね」

「それはわかるわ。私だって、気味が悪いもの」

「こんなバカげたことをする奴の目的がわからないから、余計に、薄気味が悪いんだ。何か盗まれてるのなら、相手は、泥棒とわかるから、かえって、すっきりする」

「そうね」

「この本は、新しいから、千五百円する」

と、伊原は、二冊並んだ第一巻の片方を抜き出して、冴子にいった。

「出目金は、いくらかしら?」

「二、三百円だろう」

「それに、腕時計が二万八千円。今は、たいてい二、三十パーセント値引きはしてるけど、それでも、二万円はするわ。お財布の中の一万円が、伊原さんの勘違いでないとすると――」

「勘違いなんかであるものか。絶対に、誰かが、僕の財布の中に、一万円札を一枚、入れておいた

「そうすると、全部で、三万二、三千円になるわ。犯人も、物好きね。なぜ、そんなにお金を使って、こんなことをするのかしら？」

「わからないよ。犯人はきっと、頭がおかしいんだろう」

伊原は、吐き捨てるようにいった。が、それで、薄気味悪さが消えてくれるものではなかった。

「このままいくと、犯人は、その中、車も買ってくれるかも知れないわね」

と、冴子が、無責任にいい、

「やめてくれ！」

と、伊原が、怒鳴った。彼の顔は、青ざめていた。

冴子も、そんな伊原の表情にぶつかって、あわてて、「ごめんなさい」と、いった。


「それで、どうするの？」

「とにかく、もう一度、警察に行ってみるよ」

と、伊原は、いった。

5

駅前の交番に行っても、また適当にあしらわれるだけだと思っていたから、伊原は、次の日曜日、代々木警察署まで出かけて行った。

居合わせた田島という四十二、三の刑事が、丁寧に、伊原の話を聞いてくれた。

しかし、聞き終ったとき、田島の顔に浮かんでいたのは、苦笑だった。

「世の中には、妙なことがあるものですねえ」

「妙だから、余計に、気味が悪いんですよ」

「それで、何か、実害がありましたか？」

「実害？」

「そうですよ。金魚が一匹増えていたり、本が一冊増えていたり、腕時計が新しいのと取り代えられたり、財布に一万円余計に入っていたりして、あなたは、何か損をしましたか？」

「金銭的な意味でいえば、損はしていませんが――」

「むしろ、トクをしたわけでしょう？」

「とんでもない。誰だかわからない人間が、僕の留守に、僕の部屋に入り込んでいるんですよ。薄気味悪くて仕方がないじゃありませんか。これは、金銭でいくらと計算できるものじゃありませんよ」

伊原は、自然に、声を大きくして、相手に食ってかかった。

田島は、「まあ、落着いて」と、手で、なだめるような恰好をしながら、

「いつも、部屋のカギはかけて出かけるんでしょう？」

「もちろんですよ」

「すると、その奇妙な犯人は、合カギを持っていることになる」

「ええ」

「部屋のカギを持っているのは、誰ですか？」

「あの部屋を借りる時、カギを二つ貰ったんです。その一つを僕が持っていて、もう一つは、ガールフレンドに渡してあります」

「そのガールフレンドが、あなたを驚かそうとして、いたずらしたような気がしますがねえ」

「なぜです？」

「あなたが話したことが事実だとするとですね」

「事実ですよ。嘘はいっていません」

「それは失礼。そのいたずらには、悪意は感じられなくて、むしろ、温かみが感じられるんですよ。あなたに黙って、金魚を一匹増やしておいたり、一万円余計に財布に入れておいたりでね。となると、犯人は、どうみても、あなたのことを好きな女性という感じがする」

「しかし、彼女じゃありませんよ」

「なぜ、そういい切れるんです？」

「彼女は、嘘の下手な女だからです。嘘をついても、すぐ、バレるんです。それに、彼女なら、こんなにしつこく、四回も、いたずらはしませんよ」

井原は、確信を持っていった。

「すると、残るのは、マンションの管理人ということになりますねえ。管理人は、マスターキーを持っているんでしょう？」

「ええ。うちの管理人は、持っています」

「どんな管理人ですか？」

「そうですねえ。年齢は四十五、六歳で、僕は、よく知らないんですが、ケチで、がめついという評判です」

「管理人に恨まれているというようなことはありませんか？」

「それはないと思いますね。僕は独身で、昼間はいないから、管理人と、めったに顔を合わすこともないんです。それでも、去年の暮には、ちゃんと、お歳暮を贈りましたよ。何かで、管理人の世話になるかも知れませんからね。正月の三日に、管理人に会ったら、お礼をいってたから、恨まれるってことはない筈ですよ」

「管理人の名前は？」

「確か、中山の筈ですが」

「心細いんですね」

と、田島は、笑った。

伊原は、頭をかきながら、

「今もいったように、ほとんど話をしたことがありませんからね。部屋を借りたとき、管理人から、マンションの中で飼っていい動物のこととか、管理費のことを説明して貰ったぐらいで」

「すると、犯人は、管理人でもないようですね」

と、田島が、いった。

「管理人が、あなたを恨んでいることもないようだし、何か、あなたが気がつかない理由で、恨みを買っていたとしても、管理人は、ケチで、がめついわけでしょう？」

「ええ。もっぱらの噂です」

「それなら、自分が損になるようなことをする筈がない。いやがらせをするんなら、本棚を引っくり返しておくとか、金魚を殺してしまうとかするに違いありませんからねえ」

「ええ」

「とすると、これはという容疑者はいなくなってしまいますな」

と、田島は、手を広げて見せた。

「しかし、誰かが、合カギを使って、中に入って、妙ないたずらをしたんです」

「あなたの友だちに、そんないたずらをしそうな人間はいませんか？　いわゆる悪友の中にですよ」

「僕の友だちに、あんなバカな真似をする奴はいませんよ」

「他人だと、余計に、しないんじゃありませんか？　カギのかかっている部屋に、わざわざ入って行って、何かを盗むんじゃなくて、一万円や、真新しい腕時計を置いてくる。そんなバカなことをする筈がない。何の利益もないわけですからね」

「じゃあ、調べてくれないんですか？」

「調べるって、何を、どう調べればいいんですか？」

「事件があったんですよ」

「しかし、果して、事件といえるかどうか」

田島は、当惑しきった顔になっている。警察というところは、何か実害が出なければ、調査してくれないのだろうかと、伊原は腹を立てながら、

「じゃあ、これを調べてみて下さい」

と、ポケットから、封筒を取り出した。

「何です？」

「一万円札が六枚です。五枚だったのが、いつの間にか六枚になったやつですよ。薄気味が悪いんで、使わずに、こうして、封筒に入れておいたんです」

「何を調べるんです？」

「ひょっとしてニセ札かも知れないと思い始めたんですよ。もし、誰かが、本物の札五枚と、ニセ札六枚と、すり代えたんだとすれば、僕は五万円損したわけだから、実害があったわけでしょう？　だから、それがニセ札かどうか調べてみて下さい」

「時間がかかりますよ」

「いいですよ。いつまでだって待ちますよ」

と、伊原は、力んだ調子でいった。

田島のいった通り、二時間近く待たされた。

伊原が、何本もの煙草を灰にしてから、田島が、やっと、戻って来た。

「安心して、使っていいですよ」

と、田島は、ニコニコ笑いながらいった。

「これは、正真正銘の本物の一万円札ですよ。六枚とも」

6

結局、代々木警察署も、一万円札の鑑定をしてくれただけだった。

警察は、殺人や強盗事件の捜査に追われて、こんな小さな事件にかかずらっている余裕はないということなのだろう。それとも、伊原のいうことは、全て、嘘だと思っているのだろうか?

「くそ!」

と、伊原は、思った。

伊原が、どんなに不安なのか、警察には、全くわかっていないのだ。

犯人から、新しい腕時計を貰ったり、一万円貰ったりしているから儲けたではないかぐらいに、警察は考えているのかも知れない。

(警察は、それだからこそ、余計に不気味なことが、まるでわかっていないのだ)

と、伊原は思った。

窓ガラスをこわすでもない。火をつけるでもない。何かを盗むでもない。それどころか、逆に、水槽の金魚が増えていたり、金が増えているから、犯人がいったい何を考えているのかわからずに怖いのだ。

伊原は、錠を取りかえてしまおうかと思った。

会社の帰りに、新宿のあるカギ屋に寄って聞いてみると、マンションのドアについている錠は、そっくり取りかえると、約一万円かかるという。

それでも、いいと思ったが、問題は、今のマンションが、伊原の持ち物ではないことだった。

部屋を借りる時、オーナーと交わした契約書には、確か、部屋の模様変えはしないという条項があった筈である。錠を取りかえることは、明らかに、その条項に当てはまるだろうし、いつの間にか、金魚が増えていたり、財布の中の一万円札が増えていたからといっても、相手が、納得してくれるとは思えなかった。そんなバカなことは、あり得ないと思うに決っていたからである。

伊原が部屋の持主でも、恐らく、嘘だと思うだろう。

一番いいのは、妙な真似をする犯人を捕えることだが、それが、全く見当がつかなかった。もちろん、冴子が犯人の筈はないと思うし、ケチと評判の管理人が金を捨てるような真似をする筈がない。

この二人がシロだとなると、もう容疑者がいなくなってしまうのだ。

この部屋のオーナーは、或いは、合いカギを持っているかも知れない。オーナーは、渡辺良子という女性で、バーで働きながら、都内に、次々にマンションを買い求めて、それを利殖法にしているという、いわば、やり手である。

だが、彼女が、妙ないたずらをするとも思えなかった。

警察も動いてくれないし、カギを取りかえるわけにもいかない。といって、自分の手で犯人を捕えることも難しい。

(どうしたらいいんだ?)

と、考えると、仕事の方も、自然におろそかになって、ミスを重ねてしまうことがあったりした。

面白くないので、必要もないのに、ハシゴ酒をして帰った日のことである。

マンションに着いたのは、夜中の十二時を回っていた。

身体をふらつかせながら、部屋のカギを取り出して、差し込んだ。回して開けようとしたが、ドアが開かなかった。

(おかしいな)

と、思いながら、もう一度、カギを回してみると、今度は、ドアが開いた。

(カギが、かかっていなかったのだ)

と、酔っていてもわかった。彼が、カギを差し込んで回したので、逆に、錠が下りてしまったのである。

(今朝、カギをかけ忘れて、出社してしまったのだろうか?)

と、考えたが、そんなことは、今まで一度もなかった。

(おかしいな)

と、もう一度、首をひねりながら、暗闇の中を泳ぐようにして居間に入り、壁のスイッチを押した。

眼の前がぱッと明るくなった。

とたんに伊原は、顔色を変えた。

ブルーのじゅうたんの上に、ジャンパー姿の管理人が、血まみれになって死んでいたからだった。

7

今度は、警察が、パトカーのサイレンをけたたましくひびかせて、駈けつけて来た。

刑事の他に、鑑識課員もやって来たし、新聞記者まで顔を見せた。その中には、代々木署の田島刑事も混っていた。

「僕の言葉を信じて、よく調べてくれていたら、こんなことにはならなかったかも知れませんよ」

と、伊原は、すっかり酔いのさめてしまった顔で、田島に向い、精一杯の皮肉をいった。

田島は、そんな皮肉は、一向に応えない様子で、死体の傍に落ちていたマスター・キーを拾いあげ、

「あなたの部屋に入って、妙ないたずらをしていたのは、やはり、管理人だったということのようですな」

「そうですよ。この管理人です」

「あなたが殺したんですか?」

「何ですって?」

「あなたには動機がある」と、田島は、無造作にいった」

「今日、あなたは、会社へ行ったふりをして、じっと、部屋の中で、待ち構えていた。妙ないたずらをする犯人を、自分の手で捕えようとしてです。そこへ、管理人が、マスター・キーを使って入って来た。当然、激しいケンカになり、あなたはナイフで管理人を刺してしまった」

「冗談じゃない。僕は、今日、ちゃんと会社に出ているし、飲んで帰って来たら、管理人が死んでいたんですよ。飲んだ店も覚えているから、調べてみて下さい」

と、伊原は、顔色を変えて、田島に食ってかかった。

「あなたでないとすると、いったい誰が、管理人を殺したのか? しかも、あなたの部屋で」

「それを調べるのが、警察の仕事なんじゃありませんか?」

と、伊原は、もう一度、皮肉をいった。

その皮肉がきいたのかどうか、田島は、それから、三日ばかり、顔を見せなかった。その間、事件の捜査がどう進展しているのか、全くわからなかった。

四日目の日曜日。

伊原が、冴子に会いに出かけようとしているところへ、田島刑事が、ニコニコ笑いながら、やって来た。

「事件は、解決しましたよ」

と、田島は、いった。

「本当ですか？　犯人は、誰だったんですか？」

伊原が性急なきき方をすると、田島は、手を振った。

「順序だてて話しましょう。管理人の中山が、なぜあんな奇妙ないたずらをしていたかということから」

「僕も、それを知りたいですね」

「わかったのは、あなたの言葉がヒントになったからです。あなたは、中山が、がめつくて、ケチだといった。他の住人も、同じ証言をしました」

「しかし、なぜ、それがヒントになったんですか？」

「そんなケチな人間が、あなたの留守に入り込んで、新しい腕時計を置いていったり、一万円札を置いていったりしたのは、そんな出費に見合う何か利益があるからだろうと考えたのですよ。そう考えたら、あとは、簡単でした」

「僕には、まだ何のことだかわかりませんよ」

「中山は、管理人の他にもう一つ、副業をやっていたというわけです」

「サンタクロースの真似ですか？」

「このマンションは、各部屋に持主《オーナー》がいて、他人に貸しているわけでしょう」

「そうです。僕も、八万円で、ここを借りているんです」

「中山は、オーナーたちに、儲け話を持ち込んだんですよ。部屋の借り主を、早く追い出せば、新しい借り手から、また、礼金や、保証金が取れる。追い出す役は自分がやるから、上手《うま》くいったときは、お礼として、部屋代の一ヵ月分を貰いたいとね。この部屋のオーナーが承知したので、中山は、さっそく、あなたに嫌がらせを始めたというわけです」

「新しい腕時計をくれたり、一万円札を財布に入れておくのがですか」

「実は、中山は、前に大阪でもマンションの管理人をやっていましてね。その時も、同じことをやろうとしたのです。その時は、まともに、というと変ですが、普通に考えられる嫌がらせをやったわけです。借り手が女性だったので、留守に、マスターキーを使って部屋に入り、蛇を机の引出しに入れておいたりしてです。ところが、気丈な女性で、警察に話したので、捜査が始まり、中山は、逮捕されてしまったのです。それで、今度は、やり方を変えたということですね。なかなか上手いやり方だと思います。相手に実害を与えないわけだから、警察は動かないし、誰でも、自分を追い出そうとする者が、新しい腕時計をくれたり、一万円くれたりすることは考えませんからね。そのくせ、不気味さは、単なる嫌がらせより大きい」

「その通りです。相手が何を考えているのかわからないのが、不気味でしたよ」

「ケチな中山ですから、最初は、安い金魚を一匹、水槽の中に入れておいたりしたんだと思いますね。

だが、あなたが気がつかないので、仕方なく、腕時計を買ったり、一万円をあなたの財布に入れておいたりしたんでしょう。それでも、成功すれば、一ケ月の部屋代八万円が手に入るわけですから、差引きプラスです。ところが、あなたは、まだ、部屋を出ようとしない」

「意地になっていたんです」

「オーナーの渡辺良子は、どうなっているんだと、中山に電話をかけた。その時、中山は、今までにかかった経費を払ってくれといったのですよ。つまり、あなたに注ぎ込んだ費用です。渡辺良子の方は、勝手にやったことだから払えないと一蹴した。かっとした中山は、それなら、この部屋に火をつけてやるといったそうです。渡辺良子は、そんなことをされたら、大変だというので、あわてて駈けつけて来た。そして、この部屋で、また口論になったらしいのです。中山にしてみたら、火をつける恰好をして、渡辺良子から、金を脅し取ろうと思ったのかも知れません。それで、二、三回、ぶん殴った。殴られた渡辺良子の方は、殺されるのではないかという恐怖に襲われて、ダイニングキッチンにあった果物ナイフで、中山を刺し殺してしまったというわけです」

「――――」

「ところで、この部屋を出ますか？　それとも、まだ、がんばりますか」

水の上の殺人

1

夏になると、京都市内を流れる鴨川沿いの料亭やバーなどは、川に向って床を張り出して、涼をとる。

正確にいうと、鴨川にではなく、鴨川と平行して流れている幅三メートルほどの「みそぎ川」である。

先斗町《ぽんと》通りにある料亭「満月亭」でも、六月中旬になると、さっそく、床を張り出した。

京都の夏は暑い。それに、今年は、空つゆで、春から夏がいっきにやって来た感じだった。

定連の客は、職人が、足場を組んでいる頃から、「いよいよ、夏だねえ」と、店の主人にいい、提灯の飾り立てがすむと、夕涼みをかねて、さっそく、やって来た。

京菓子「おたふく」の店主である秋山が、五人連れで、満月亭にやって来たのは、七月三日の夕方だった。

朝からむし暑く、午後二時には、三十度を越して、陽が落ちてからも、いっこうに、気温は下らなかった。

秋山徳三郎は六十五歳になっていたが、髪は、まだ、黒々としていて、痩身だが、元気一杯だった。

店を会社形式にして、一人息子の志郎を副社長ということにしたが、三十二歳の志郎の方が、徳三郎より、弱々しく見えるほどである。

徳三郎は、妻の久子の他に、妾《めかけ》を二人持ち、それぞれに、バーと、土産物店をやらせていて、その一人、バー「夢路」のママ、悠子と、若いホステス一人も、今日のお供に加わっていた。
五十五、六歳の派手なアロハシャツを着た小太りの男が、今日の客と見えて、徳三郎が、何かと気を使っている。
酒と、懐石料理が、運ばれた。

さすがに、川に張り出した床の上には、涼しい川風が吹いてくる。

徳三郎が、盛んに杯をあけるのに、息子の志郎の方は、すぐ、杯を置いてしまった。

「まだ、肝臓が治らんのか？」

と、徳三郎は、厳しい眼つきで、志郎を見た。

「医者に、酒を控えるようにいわれてるんだ」

志郎は、ぶっきら棒にいった。

「女遊びが過ぎるからと違うんか？　早く結婚して、腰を落ちつけたらいい」

と、徳三郎にいわれて、志郎が「ふん」と、鼻を鳴らしたのは、説教する父親が、妾を二人も持ってと思ったからかも知れない。

あいさつに来た満月亭の主人、内田に、徳三郎は、

「ひと雨くると、すっとするんだがねえ」

「雨が降ったら、うちが困りますよ」

と、内田は、笑った。

一時間半ほどして、徳三郎は、「ごちそうさま」と、立ち上った。

「もうお帰りですか？」

内田が、ちらりと、床の方を見たのは、一行の中の一人、アロハシャツの男が、手すりにもたれるようにして、川面を見下していたからである。

「あの人が、少し酔ったので、しばらく川風に吹かれていたいとおっしゃるんだよ」

「大丈夫ですか？」

「ああ、大丈夫だ。おい悠子」

と、徳三郎は、一緒に立って来た妾の一人に声をかけて、

「お前は、あとに残って、ホテルまで、お送りしてくれ」

と、いった。

秋山父子と、ホステスが帰ってしまったあと、悠子は、

「おトイレは、どこかしら?」

と、女中の一人にきき、階下におりて行った。
十二、三分して戻って来た悠子は、女中に、お冷やを二つ貰って、また、床に戻ったが、
「お客さん」

と、声をかけても、相手が、黙っているので、そのまま、コップをテーブルの上に置いてしまった。


煙草に火をつけて、ふうっと、煙を吐き出したとき、どんよりと重かった夜空から、突然、大粒の雨が落ちてきた。

稲光りが走り、雷鳴が轟いた。床にいた悠子が、悲鳴をあげて、座敷に逃げ込んできた。

滝のような雨になった。

「おい。窓を早く閉めなさい」

と、女中たちに指図していた内田は、床の方に眼をやって、「おや?」と、眼をむいた。

どしゃぶりの雨になったというのに、徳三郎たちが残していった男の客が、いぜんとして、手すりにもたれる恰好で、床の上に座っていたからである。

内田は、仕方なしに、雨の中に飛び出して行って、

「お客さん。早くここから引き揚げて下さい!」

と、声をかけた。

だが、男は、いぜんとして、こちらに背を向け、手すりにもたれて、川面を見下している。

「お客さん！」

と、今度は、大声を出して、内田は、男の膝をつかんで引っ張った。

だらんとした身体は、やけに重い。やっと立ち上らせたと思ったとき、雨で手が滑り、放してしまった。

小太りの男は、仰向けに転がった。

その顔を、容赦なく、大粒の雨が叩く。が、男は、いっこうに、起き上って来なかった。

「お客――」

――さんと呼ぼうとして、内田は、その言葉を途中で、飲み込んでしまった。

アロハシャツの左胸のあたりに、細身のナイフが突き刺り、血が、一筋、二筋と流れ出ては、雨に洗われていたからだった。

2

五、六分して、パトカーが駈けつけたときも、豪雨は、いぜんとして降り続いていた。
雷鳴こそ、いくらか遠くなったものの、強い雨足が床を叩くために、話し声さえ聞こえにくい。

「こりゃあ、ひどいな」

と、京都府警の真木刑事が、溜息をついた。

死体は、まだ、床の上に放置されたままになっている。

「殺人なので、そのままにしておいた方がいいと思いましてね」

満月亭の内田が、気がきくような、きかないようなことをいった。

「ともかく、座敷へ運ばなくちゃな」

と、真木は、同僚の中西刑事にいい、座敷に、大きなポリエチレンを敷いて貰ってから、二人で、床に出て行った。

たちまち、頭から足先まで、ずぶ濡れになってしまった。

それでも、どうにか、男の死体を担いで、座敷に移すことが出来た。

雨の吹き込んでくる窓ガラスを閉め、真木は、ハンカチで、濡れた軀《からだ》を拭きながら、死体を眺めた。

髪は、だいぶ薄い。まだらな髪が、濡れて、生気の消えた額の辺りにへばりついている。

年齢は、五十代の半ばといったところだろうか。

この雨で、洗い流されてしまったのか、突き刺さったナイフの根元から、もう、血は流れ出していないが、もともと、出血は少かったのかも知れなかった。

風采のあがらない中年男だが、左手にはめている腕時計は、四、五百万円はしそうなピアジェの金時計だった。

ズボンの尻ポケットにあった財布には、二十三万円もの大金が入っていた。

「人間、外見じゃわからないねえ」

と、真木は、肩をすくめてから、心配そうに、のぞき込んでいる内田に、

「この仏さんは、よくここへ来るんですか？」

「いいえ、初めてですが、おなじみの秋山さんが、連れて来られたんです」

内田は、秋山徳三郎が、店へ来たときの様子を、二人の刑事に話した。

真木は、鑑識の連中に、死体をまかせてから、座敷を見廻して、

「この人と残ったという女の人は？」

「あたしです」

と、青ざめた顔で、三十七、八の女が、前に出て来た。

「名前は？」

「堀内悠子です。京阪の五条駅の近くで、『夢路』というお店をやっています」

「この仏さんの名前は？」

「社長さんは、寺沢さんとおっしゃってましたわ」

「社長というのは、秋山徳三郎さんのことですね？」

「ええ。社長さんから電話で、大事なお客さんを、夕食に招待するんで、賑やかなように、若いホステスを連れて来いといわれたんで、みどりちゃんを連れて、お供したんです」

「秋山さんの息子さんも、一緒だったようですね？」

「ええ。副社長も一緒でした」

「すると、全部で五人ですね？」

「ええ。ここの床で、夕涼みをしながら、夕食ということになったんです」

「他に、お客はいませんでしたか？」

「若い男の人ばかり四人で、わいわいやってましたけど、途中で帰って、あとは、あたしたちだけでした」

「それから、どうなったのか話して下さい」

「懐石料理を食べて、お酒も、ずいぶん飲みましたわ。このお客さんも強くて、一時間半ほどして、社長が、そろそろ、帰ろうかといったんですけど、

このお客さんは、手すりにもたれて、気分が悪いから、しばらく、ここで、川風に当っていたいとおっしゃるんです。それで、あたしが、ホテルまでお送りすることにして、他の方は、お帰りになりました」

「ホテルは?」

「河原町三条のRホテルですけど」

それなら、ここから歩いて、二十分足らずである。

「すると、あなたは、ずっと、この人の傍にいたことになるのかな?」

「他の方がお帰りになるとき、あたしも、トイレに行きましたわ。お化粧を直したりして戻って来たから、十分ぐらいでしょうか」

「その間は、この仏さんは、ひとりで、床にいたわけですね?」

「と思いますけど」

「今、あなたは、この仏さんが、気分が悪いから、しばらくここで、川風に当っていたいといったといいましたね? 間違いなく、そういったんですか?」

「ええ」

と、肯いてから、悠子は、急に、自信なさそうな顔になった。

「多分」

と、つけ足した。真木は、眉を寄せて、

「多分というのは、どういうことです?」

「あたしも、酔っていたし、ひょっとすると、社長さんが、そうとったのかも知れないし――」

「どっちなんです? 当人がそういったのか、それとも、秋山さんがいったのか?」

「わからなくなっちゃったな。よく覚えていないんです」

悠子は、当惑した顔でいった。

本当に覚えていないのか、それとも、とぼけているのか、真木にはわからなかった。女の、それも、三十過ぎの女の顔色を読むのは、どうも苦手である。

それに、この被害者は、京菓子「おたふく」の社長の知り合いらしい。

「おたふく」といえば、京都では有名で、真木も、東京や大阪の親戚の家へ行くときに、この京菓子を、土産にすることがある。

そこの社長が一緒だったのなら、彼に会えば、くわしい話が聞けるだろう。

死体が、解剖のために運ばれて行ったのをしおに、真木と中西の二人の刑事も、満月亭を出た。

3

さっきまでの豪雨が嘘のように止んで、雲の切れ目から、蒼白い月が、顔をのぞかせている。

その月の光で、京都の町を取り囲む山影が、墨絵のように浮き出して見える。京都の夜が、美しく見える時間なのだが、真木たちは、ひたすら、京都駅近くの「おたふく」本店に急いだ。

店は、もう閉っていたが、五、六メートル離れて、秋山社長の家があった。

古い格式のある造りで、門を入ってから、長い敷石のある通路が伸び、その両側に植えられた樹が、さきほどの雨で、青々と見えた。

徳三郎は、和服姿で、二人の刑事を迎えた。

真木が、事件を知らせると、徳三郎は、「まさ

か」と、一瞬、絶句してから、

「寺沢さんが――まさか――」

「満月亭で、胸をナイフで刺されて、殺されていたんです」

「信じられませんね。あんなにお元気だったのに」

「しかし、気分が悪いから、しばらく、川風に当っているといって、あとに残られたわけでしょう？」

「そりゃあ、そうですが、ちょっと、飲み過ぎただけのことで、死ぬなんて、そんな馬鹿なことが――」

「寺沢さんというのは、どういう方ですか？」

「大阪の人で、私のところとは、古くからのおとくい様です。今夜、京都へ来られたというので、夕食を満月亭でとって、そのあと、祇園へお連れしようと思っていたんですよ。それが、気分が悪くなられてしまったので、明日にと考えていたんですがねえ。いったい、誰が、寺沢さんを殺したりしたんです？」

「それを、これから調べるんですが、寺沢さんが、あなたに、気分が悪いから、ここで休んでいくといったんですね？」

「そうですよ。嘘だと思うのなら、他の三人にも聞いて下さい。みんな聞いている筈ですよ」

「全部で五人でしたね？」

「はい」

「寺沢さんの家族も大阪ですね？」

「いや、五年前に奥さんを亡くしてからは、天涯孤独だといっていましたね。仕事には成功したが、家庭には恵まれなかった人でしてね」

「何をやっておられた人なんですか？」

「寺沢貿易という会社の社長ですよ。小さいが、商社といっていいでしょうね。うちの京菓子を、アメリカに売って下さったりもしましたよ」

「なるほど、念のために、遺体を確認して頂きたいのですが、一緒に行って頂けますか?」

「もちろん」

と、徳三郎は、肯いた。

真木と中西は、徳三郎を、大学病院へ連れて行った。

解剖は、まだ始まっていなかった。

地下の死体置場で、徳三郎は、しばらく、遺体に向って、合掌していたが、それが終ると、真木に向って、

「ぜひ、一刻も早く、犯人を見つけて下さい」

「そのつもりですから、あなたにも、力を貸して頂きたいのです」

「私に出来ることなら、どんなことでも」

「では、仏さんの所持品を見て下さい」

真木たちは、徳三郎を、今度は、府警本部に連れて行き、被害者の所持品を見せた。

ピアジェの腕時計、二十三万円入りの財布、十二本残っていたラーク、ダンヒルのライター、それに、金の重い指輪。

徳三郎は、一つ一つ丁寧に見ていったが、

「ところで、鞄《かばん》は、どこにあるんですか?」

と、真木にきいた。

真木は、びっくりした。

「鞄?」

「そうです。鞄です。鞄といっても、手さげですがね。茶色のやつを、寺沢さんは、いつも、肌身放さず持っていらっしゃったんですよ」

「おかしいな。そんな鞄なんか、なかったようで

すがねえ。ホテルに預けて来たんじゃありませんか？　ホテルのフロントに」

真木がきくと、徳三郎は、首を振って、

「銀行もあまり信用しない寺沢さんが、ホテルのフロントに預けるもんですか」

「その鞄の中には、何が入っていたんですか？」

「私は、中を見たわけじゃないからわかりませんが、実印とか、大事な書類なんかが入っていたんだと思いますね。とにかく、どこへ行くにも、持って歩いていましたからね」

「今日の夕食の時も、持って来ましたか？」

「もちろん、持って来られましたよ。私は、Rホテルまでお迎えに行ったんだが、その時、手に下げて出て来られましたからね」

徳三郎は、断言した。

真木は、満月亭に電話してみた。主人の内田は、真木の質問に、

「さっき店を閉めたんですが、そんな鞄の忘れ物はありませんな」

と、答えた。

（これは、その鞄を奪うための殺人なのだろうか？）

4

夜半すぎに、捜査本部が置かれた。真木は、Rホテルに行き、被害者の泊った部屋を見せて貰ったが、徳三郎のいう鞄はなかった。フロントにも、預けてはいない。

解剖が終ったのは、翌七月四日の午前十時過ぎだった。

「真木君。面白いことがわかったよ」

と、キャップの香川警部が、真木にいった。

「死因は、やはり、心臓に達している刺傷だが、仏さんは、睡眠薬も飲んでいるんだ。かなりの量らしい」

「睡眠薬と酒を飲めば、誰でも気分が悪くなりますね。それで、参ってしまって、ひとりだけ、あとに残ったんですか」

「それとも、睡眠薬で眠ったところを刺殺して、何くわぬ顔で、他の四人が帰ったか」

「四人じゃなく、三人です。堀内悠子というバーのママさんは、残りましたから」

「そうだったね」

「睡眠薬を飲んでいるとわかっていたら、使った食器類は、持って来るんでしたが、ナイフで刺されて死んだということで、鑑識も、指紋は、調べていませんよ」

「仕方がないだろう。それから、死亡推定時刻は、昨夜の午後八時から九時の間ということだ」

「満月亭の話では、五人が来たのが、七時半頃で、帰ったのが八時四十分頃だそうですから、食事中に殺せば、ぴったりということになります」

「空白の十分間というのが、あったんじゃないかね？」

「堀内悠子が、トイレに行っている間、被害者は、ひとりで床にいたわけです。その間に殺しても、ぴったり合いますね」

「これは、鑑識からだが、凶器のナイフから指紋はとれなかったそうだ」

「最初からなかったのか、それとも、あのどしゃぶりの雨が、消してしまったのか、どちらかですね」

「もう一つ、鑑識からの報告がある。あのナイフは、市内の刃物店で、三千円でいくらでも売っているということだ」

「凶器は、手掛りにならずですか」

真木は、別に、失望はしなかった。あの雨で、指紋が残っている方が不思議なのだ。

捜査だけは、取りあえず、三つの捜査方針を立てた。

被害者、寺沢貢太郎の人柄、性格などを、大阪府警の協力で調査する。

事件の日、満月亭へ同行した四人と、被害者との関係の調査。

消えた鞄の捜索。

この三点である。

真木と中西は、四人の中の一人、秋山志郎に会ってみた。

真木が調べたところでは、志郎は、一応、副社長ということになっているが、性格が弱く、バクチ好きで、父親の徳三郎には、あまり信用されていないらしい。二十八歳の時、叔父の紹介してくれた女性と結婚したが、一年半で別れている。原因は、彼の浮気という話だった。

志郎には「おたふく」の本店で会った。

背が高く、なかなかの美男子だが、気は弱そうだった。それに、顔色も悪い。

志郎の方から、真木たちを、近くの喫茶店へ連れて行った。

「昨夜のことでしょう?」

と、志郎は、二人にいった。

「そうです」と、真木が肯いた。

「寺沢さんと、どんな関係ですか?」

「僕はよく知らないんですよ。おやじがよく知っているんですよ。古いおとくいということです」

「満月亭での食事のとき、どんな話をしたんですか？」

「京都は好きだから、これからも、ちょくちょく来たいと、寺沢さんは、いってましてね。嵯峨野《さがの》あたりに、別荘を建てたいみたいなこともですよ」

「それに対して、お父さんは？」

「そのうちに、適当な家を探しておきましょうといっていましたよ。本気かどうかわかりませんがね。おやじは、調子のいいところがありますから」

そういったとき、志郎は、ちょっと口をゆがめた。どうやら、志郎の方も、父親を好きでないらしい。

「寺沢さんは、実は、睡眠薬を飲まされていましてね」

「え？　ナイフで刺されて死んだんでしょう？」

「その前に、睡眠薬を飲まされているんです。食事中に、誰か、不審な挙動を見せた人はいませんでしたか？」

「気がつきませんでしたね。僕は、肝臓が悪いんで、酒も、食事も、ほとんど口にしませんでしたからね」

「寺沢さんが、茶色の鞄を持っていたのを覚えていますか？」

「ええ。手さげみたいなやつでしょう。覚えていますよ」

「何が入っているか知っていますか？」

「いや。大事なものが入っているんでしょうが、中を見たわけじゃないから」

と、志郎は、笑った。

真木と中西は、一応、志郎と別れ、みどりというホステスに会うことにした。

京阪五条駅へ行く途中、真木は、「わからんな」と、中西にいった。

「なぜ、犯人は、刺す前に、睡眠薬を飲ませるような面倒くさいことをしたんだろう？」

「悲鳴をあげられたら困るからだろう。眠ったところを刺せば、声は立てないからね」

「それだけの理由かね？」

「他に、考えられるかい？」

「考えられないから弱ってるのさ。問題は、消えた鞄だよ。鞄を奪うだけなら、睡眠薬で眠らせるだけでいい。それなのに、犯人は、なぜ、殺してしまったんだろう？」

その答が見つからない中に、京阪五条駅に着いた。午後八時に近い。

この辺り、京阪電車は、鴨川に沿って走っている。

駅前のバー「夢路」に入り、ママさんの堀内悠子に、

「みどりというホステスは？」

と、真木がきいた。

「それが、まだ出て来ないんですよ」

「今日は、休みの日ですか？」

「いいえ」

真木は、急に、不安になってきた。彼が、連絡したいというと、悠子は、電話番号を教えてくれたが、

「二度も電話してみたんですけど、出ないんですよ」

と、いう。

（何かあったのだろうか？）

5

バー「夢路」のホステスみどりは、本名木下芳子、二十三歳である。

不幸な生い立ちで、両親は早く死に、京都に身寄りはない。伏見のアパートにひとりで暮していたのだが、その日以来、行方不明になってしまった。

悠子は、思い当ることがないといったが、真木たちは、殺人事件に関係しての失踪ではないかと考えた。

だが、そうだとしても、彼女が、事件にどう関係しているのか、それがわからない。

「秋山父子、それに、堀内悠子の三人の中の誰かが、寺沢貢太郎を殺し、木下芳子が、それを目撃したので、どこかへ連れ去られたのかも知れない」

と、真木は、香川警部にいった。

「彼女のアパートに手掛りはなかったのかね？」

「中西君と、アパートを調べてみました。六畳にバス、トイレつきの部屋を、きれいに使っています。清潔好きの、きちんとした性格だと思われます。洋服や、ネックレス、それに、二百万円近い預金通帳などが、そのままになっていますから、自ら失踪したとは思えません。特定の男がいたという証拠もありません。一つだけわかったのは、休みの時には、よく、詩仙堂へ行っていたということです」

「詩仙堂へね」

「アパートの管理人が、そういっていました。この管理人は、小学校の校長を停年退職した老人なんですが、詩仙堂や、知恩院などによく行くと、詩仙堂で、彼女に何回か会ったといっていましたから」

「なるほどね」

「それから、誰かが、彼女の部屋を探り回っていますね」

「しかし、君は、部屋はきれいになっていたといったじゃないか？」

香川が、不審そうにきいた。

「その通りですが、本箱の本が、四冊も、逆さになっていました。全部で五十二冊しかない中の四冊です」

「犯人は、何を探したのかな？」

「わかりませんが、本まで調べたところを見ると、頁の間にはさめるくらいのものでしょう」

「手紙か？」

「手紙か、メモだと思います」

「すると、ますます、彼女が、殺人事件で何かを目撃した可能性が強くなってくるねえ」

「その通りです。ところで、被害者のことは、何かわかりましたか？」

「大阪府警から返事があったよ。秋山徳三郎は、立派な貿易商みたいにいっていたが、インチキもいいところらしい」

「と、いいますと？」

「確かに、被害者の寺沢貢太郎は、寺沢貿易という会社をやっていたが、これは、金融業だ」

「金貸しですか」

「もう一つ、寺沢は、一匹狼の総会屋みたいなこともしていたようだ。脅迫専門のね」

「秋山徳三郎は、なぜ、嘘をついたんでしょうか？」

「死者に対する礼だとは思えないね。同業者に聞いたところでは、彼は、意外に冷たい男で、づけづけと物をいう男だということだからね」

「何か被害者に対して、弱味があったということでしょうか？」

「私も同じことを考えたよ。だが、被害者は、金貸しで、恐喝屋だった。二つの面を持っていたわけだ」

「秋山徳三郎と、そのどちらで関係していたかということですね？」

「そうだ。それで、調べてみた。京菓子『おたふく』の経営状態が悪くて、寺沢から、多額の借金をしているのではないかとね。だが、経営状態は良好だ」

「すると、被害者との連なりは、恐喝ということですか？」

「他に考えられんね。ただし、息子の秋山志郎の方は、女やバクチで金が要り、それを父親にいえなくて、どこかの高利貸しから、かなりの金を借りているという噂がある」

「寺沢は、父親の徳三郎から、恐喝で金を巻きあげ、息子の志郎に、高利で貸していたことになりかねませんね」

「だが、確証はないんだ。それに、秋山徳三郎が、恐喝されていたのなら、その理由を知りたいね」

と、香川警部がいったとき、彼の傍の電話が鳴った。

受話器をつかんだ香川の顔が、たちまち、緊張した。

「なに？　広沢池に、若い女の死体が浮んだ？」

6

尼寺として有名な直指庵《じきしあん》から、広沢池に下って行く道は、嵯峨野で、もっとも美しい道といわれている。

真木と中西の二人が、広沢池に着いたときにも、嵯峨野を愛する若い女性が、何人も姿を見せていた。

死体は、すでに、池のほとりに引き揚げられ、制服姿の警官が二人、ガードに当っていた。

ぐっしょりと濡れた女の死体には、緑色の藻がからみついている。

真木は、女の顔にへばりついている水草を払ってから、用意してきた木下芳子の顔写真と比べてみた。

「間違いないよ」

と、横から、中西がいった。

「そうだな。木下芳子だ」

と、真木も、肯いた。

「殺されたのかな？」

「自殺とは、ちょっと考えにくいよ。第一、この仏さんは、裸足だ。自殺なら池のふちに脱ぎ捨ててある筈の靴が、見つからないんだからね。多分、犯人が、別の場所で殺しておいて、ここへ持って来て、投げ込んだんだろう」

「寺沢貢太郎を殺した犯人が、この女も殺したのかね？」

「そう考えるのが、妥当なところだろうね」

「何かを見たためにということか」

「恐らくね」

「死んでしまっては、何を見たのかわからんね」

中西が、口惜しそうに舌打ちした。

「そうばかりとはいえないかも知れんよ」

と真木は、死体を見下しながらいった。

「なぜだい?」

「犯人が、彼女のアパートを家探ししているからさ」

「そうか。彼女は、自分が見たことを、メモか何かにして残していた。それで、犯人は、家探ししたというわけだな」

「ああ、問題は、犯人が、見つけ出したかどうかということだが」

「君は、すでに、犯人が見つけたと思ってるのか?」

と、中西がきいた。

「まだであることを願っているんだがねえ」

と、真木は、いった。

鑑識が、死体の写真を撮り始めた。

二人は、広沢池を離れて歩き出した。

「これから、満月亭へ行ってみようじゃないか」

と、車のところに戻って、真木がいった。

「あの殺人現場は、もう調べつくしたんじゃないか?」

中西が、変な顔をした。

「わかってるが、もう一度、調べたいんだ。実は、失くなった茶色の鞄のことが気になってね」

「秋山父子のいっていた鞄のことか。しかし、その料亭にはなかったぜ」

「被害者が、肌身離さず持っていた鞄だ。何か大事なものが入っていたに違いない。ところで、彼は、満月亭の床で、睡眠薬を飲まされた上に、ナイフで刺し殺された。刺されたときには、眠っていたろうから、何も出来なかったとしても、薬を飲まされたとわかったとき、被害者は、大事な鞄を、どうしたろう？」

「さあねえ。秋山父子と堀内悠子の三人の中に犯人がいれば、彼等が、すでに持ち去ってしまったんじゃないかな」

「それなら、鞄のことは、黙っているんじゃないかね。やたらに、鞄のことをいうのは、それが、気になっているからだと、思うんだが」

「満月亭へ行ったら、鞄が見つかると思うのかい？」

「それは、行ってみなければわからんよ」

と、真木は、笑った。

二人は、車を、満月亭へ飛ばした。

だが、到着すると、真木たちは、店には入らず、鴨川の河原へおりて行った。

広い「鴨川」と、せまい「みそぎ川」の間が、コンクリートでかためた散歩道になっている。夏の夕方など、散策するアベックが多いところである。

そこに立つと、みそぎ川に足場を組んだ満月亭の床が、よく見えた。

丁度、手をあげたぐらいの高さだった。

「被害者は、端の手すりのところにいた。その前には、秋山父子、堀内悠子がいるから、鞄を、床の上にかくすことは出来なかった筈だ。残るのは——」

「外へ投げ捨てることか？」

「相手に渡すのが嫌なら、投げ捨てるよりないだろうね。床の下は、みそぎ川だ。幅はせまく、浅いが、流れは早い。被害者が、鞄を投げ捨てたとすれば、どんどん、下流に流れて行った筈だ」

「よし。探してみようじゃないか」

と、中西がいい、二人は、みそぎ川に沿って、下流に歩いて行った。

百メートルほど歩いたとき、下流の方から、こちらに向って歩いて来るアベックにぶつかった。

秋山徳三郎と、堀内悠子の二人だった。真木が声をかけると、徳三郎は、一瞬、バツが悪そうに口をゆがめたが、すぐ、

「刑事さんたちも、散歩ですか？」

「そちらは？」

「私は、一日に一度は、この川のほとりを散歩しないと、落着かんのですよ」

と、徳三郎は、笑った。

彼等と別れてから、真木は、苦笑して、

「一日一度は、ここへ来ないと落着かんだって。彼の家や店から、ここまで、車でも楽に二十分はかかるよ」

「あの二人も、被害者が、みそぎ川に鞄を投げたと考えて、探しに来たのかね？」

「他に考えられるかい？」

「そういえば、あの女は、秋山の妾だろうが」

「そんな感じだね。秋山徳三郎が犯人なら、彼女は、共犯かも知れない」

「しかし、鞄はなさそうだねえ」

中西が、溜息をついた。すでにもう、二百メートルは、歩いていた。

「誰かが、拾ってしまったのかも知れないな」

と、真木は呟いてから、

「この周辺の派出所に問い合せてみよう。拾った人が、届けているかも知れない」

二人は、捜査本部に戻ると、川沿いの派出所に、片っ端から、問い合せてみた。

高価なものが入っていれば、猫ババされている

可能性が強いと思ったが、河原町五条近くの派出所で、

「おたずねのような鞄が、拾得物で、届けられています」

という答が返って来た。

「鞄というより、集金人なんかが持っている手さげに近いもので、色は茶色です。子供が拾って来たんですが、その時、ぬれていました」

「中には、何が入っているのかね?」

「古新聞だけです」

「古新聞だって?」

7

確かに、古新聞しか入っていなかった。

実際に、派出所へ行き、ぬれて、くしゃくしゃになった古新聞を見て、真木と中西は、がっかりした。

「拾った子供が、中身をすりかえて届けたんじゃないのかね?」

と、中西が、いった。

真木は、首を振って、

「子供は、そんな面倒なことはしないだろう。中身が欲しければ、盗んで、鞄は、捨てちまうさ」

「しかし、金貸しが、古新聞を入れた鞄を、後生大事に持ち歩くかねえ」

「それはそうだが――」

「それとも、他に、同じような鞄があるのかも知れないな。寺沢の鞄がね」

「ちょっと待ってくれ」

真木が、急に、顔を緊張させて、中西にいった。

「どうしたんだ?」

「この古新聞だがね。日付を見ろよ。五年前の新聞なんだ」

「しかし、古新聞に変わりはないだろう」

「だがね。五年も前の新聞を、後生大事に入れてあることに、何かわけがあると思わないかい？」

真木は、まだぬれている古新聞を、丁寧に、机の上に広げてみた。

タブロイド版の小さな新聞だった。

しかも、北陸の地方新聞である。発行部数も、僅かであろう。そう考えれば考えるほど、こんな新聞を、鞄に入れておいた理由が知りたくなった。

しばらく眼を通してから、

「おい。これを見ろよ」

と、真木は、中西に、新聞の一ヶ所を指さした。

〈一昨夜の交通事故に、新事実

一昨夜、午後十時半頃、県道S地点で起きた交通事故は、酔っ払った本田春吉さん（五七）が、県道に飛びだしたために起きたものとされ、車を運転していた京都市河原町五条のバー「夢路」の堀内悠子さん（三〇）は、釈放されたが、記者の調べによると、これが、真っ赤な嘘なのである。

当夜、実際に車を運転していたのは、助手席で眠っていたという京都市下京区の京菓子「おたふく」の社長、秋山徳三郎さん（六〇）なのだ。秋山さんは、無免許の上、酔っていた。無免許で、飲酒運転の末に、本田さんをはねて殺したのである。これは、明らかに、殺人ではないか。

この夜、たまたま、近くの農家の北原新介さん（五九）が、月明りの中で、この事故を目撃

しており、記者は、その証言も得ている。かかる卑劣なる犯人は、厳重に処罰すべきである〉

「秋山徳三郎は、五年前に、交通事故を起こして、人を一人殺していたんだ。無免許の上に、飲酒運転で」

と、真木がいうと、中西は、

「しかし、彼に前科はなかったよ」

「すると、五年前は、上手《うま》くもみ消したんだろう。だが、寺沢貢太郎は、どこからか、この古新聞を手に入れて、秋山徳三郎と、堀内悠子を、恐喝していたんだ」

真木たちが、この古新聞を持って、捜査本部に帰ると、香川警部は、一読して、すぐ、秋山徳三郎の逮捕状をとった。

捜査本部に連行された徳三郎は、五年前の新聞を見せられると、がっくりした顔になって、

「これが、見つかってしまったんですか」

と、溜息をついた。

「話してくれますね」

と、香川は、じっと、徳三郎を見つめた。

徳三郎は、観念したように、小さく咳払いしてから、

「五年前に、私が、交通事故で、人をはねて殺してしまったのは、本当です。無免許の上、酒を飲んでいました。私は、あわてて、悠子が、運転していたことにして、それに、死んだ人が、飛び出して来たと、主張したんです。幸い、死んだ人が酔っていて、私の主張は認めてくれました。ところが、私が、京都に帰ってから、地方新聞をやっているという山崎という男が、この新聞を持って、訪ねて来たんです」

「それで、どうなったんですか？」

「山崎は、金目当てだったんです。二千部刷った新聞を、三千万円で買えというのです。そうすれば、証人の北原新介という男も、黙らせられるというんですよ」

「それで、金を払ったんですか？」

「二千部と引きかえに、三千万円払いましたよ。私は、代々続いた『おたふく』の当主です。そののれんを、前科で汚したくなかったからです」

「それが、寺沢貢太郎と、どう関係してくるんですか？」

「私から三千万円を巻きあげた山崎は、大阪へ出て、新しい事業を始めたんです。ところが、上手くいかなくて、高利の金を借りるようになったんです」

「それが、寺沢だったわけですね？」

「そうです。その借金が返せなくなった山崎は、一部だけ記念に持っていたこの新聞を、借金の代りに、寺沢に渡したんですよ。二千部の他に、一部、余計に刷っていたんです。

それから、寺沢の脅迫が始ったんです。証人も、彼が押えてしまったので、私は、寺沢のいうままに、金を払わざるを得なくなりました」

「今までに、どのくらい払ったんですか？」

「二年間で、三億円近く払いましたよ。もう我慢の限界でしたよ」

「だから、満月亭の裏で、刺殺したんですね」

「そうです」

「しかし、なぜ、睡眠薬を飲ませたうえ、刺殺するような面倒なことをしたんですか？　声を出させないためですか？」

香川警部がきくと、徳三郎は、小さく笑って、

「睡眠薬を飲ませたのは、息子の志郎です。息子は、私に内緒で、寺沢から一千万ばかり借りていたんです。寺沢にしたら、どうせ、私からいくらでもとれると思って、貸したんでしょう。息子は、あの鞄の中に、自分の借用証が入っていると思い込んでいたんですね。それで、睡眠薬で眠らせて、自分の借用書を取り出して、破り捨てようと考えたんです。それは、後で知りました。私は、寺沢が、急に、気分が悪くなったというので、介抱するふりをして、胸を刺して、殺しました。ところが、肝心の鞄が失くなっていることに気がついたんです。私は、悠子をあとに残して、帰るふりをし、河原におりて探しました。しかし、見つからない中に、雷雨になってしまったんです」

「堀内悠子は、あなたに、協力したんですか?」

「いや。彼女は、無関係だ!」

「それは、彼女自身にきいてみましょう。次は、ホステスの木下芳子です。彼女を殺したのも、あなたですね?」

「彼女は、ホステスのくせに、酒に弱いんです。そこで、あの日も、酔わせて、眠らせておき、その隙に、寺沢を刺し殺した。少くとも、そのつもりだったんです。ところが、彼女は、見ていたんですよ。それで、彼女も殺しました。後頭部を殴って殺し、広沢池まで運んで、投げ込んだんです」

「彼女のアパートを家探ししたのは、なぜなんです?」

「彼女が、私を殺しても、ちゃんと書いて残してあるといったからです。しかし、それは嘘でしたよ。彼女のアパートを探しましたが、日記も、メモも見つかりませんでしたから」

これが、秋山徳三郎の告白の全てだった。

8

秋山志郎と、堀内悠子も逮捕されて、事件は、終った。

捜査本部が解散し、一日休みを貰った真木はひとりで、詩仙堂へ出かけた。

真木は、簡素なたたずまいの詩仙堂が好きだった。

ここには、神社のいかめしさも、寺の線香くささもないからである。

若い女性に人気があるらしく、今日も、数人の女性観光客が姿を見せていた。

わざと低く作られた門を入り、座敷に上ると、つつじの名園が、眼の前に広がっている。

京都の良さは、通りからちょっと入ると、こうした静かな場所があることだろう。ここには、車の音も聞こえて来ない。

真木は縁側に腰を下して、殺された木下芳子のことを考えていた。

彼女は、孤独だった。が、若い娘なりの悩みもあった筈である。それを、誰に打ち明けていたのだろう？

店のママに話していた様子もないし、親しくしていた客もいなかったらしい。

とすれば、詩仙堂によく来ていたのは、彼女自身の悩みを、ここへ来ることで、どうかしようと思っていたからではなかったのか。

ここには、見学者のために、大学ノートが用意されている。思い出なり、感想を書き込むためである。

芳子は、ここへ来るたびに、自分の気持を、あのノートに書き込んでいたのではあるまいか。それが、彼女の日記だったのではないか。

二人連れの若い女が、書き終るのを待って、真木は、そのノートを、ぱらぱらと、めくってみた。

やはり、あった。

一ケ月に一日か、二日、「芳子」のサインのある頁があった。

そこに書かれてあるのは、詩仙堂の感想ではなく、生きることの悩みであり、喜びであり、時には、悲しみだった。

そして、事件の翌日、七月四日にも、「芳子」のサインがあった。

〈昨日、生れて初めて、人が人を殺すのを見てしまった。

「おたふく」社長の秋山さんや、店のママと一緒に、満月亭へ行ったときは、あんな恐しいことにぶつかるとは、夢にも思っていなかった。
それなのに――〉

危険な道づれ

1

旅の楽しみの一つに、出会いがある。別に、未来の恋人に出会うというような大げさなことでなくても、列車に乗ったとき、隣りの席に、誰が座るだろうかという楽しみでもいい。

二十五歳の平凡なサラリーマンの中西も、旅に出ると、そんな期待に胸をふくらませる青年の一人だった。

官庁勤めをしている中西は、一年に二十日間の有給休暇を貰える。独身で、気軽な中西は、四、五日のまとまった休みをとって、旅行することにしている。

ひとり旅である。そのくせ、列車に乗るたびに、ロマンチックな空想にふけるのを楽しみにしていた。

隣りの空いた座席に若くて、ちょっとかげりのある美人が座ってくる。悲しみを旅でまぎらそうとして、ひとり旅に出る美人なのだ。何となく話しかけている中に、次第に、親しみがわいて来た。彼女は、中西に好意を持ってくる。二人は、途中の小さな駅で、おり、ひなびた小さな旅館に泊り、恋におちる。

中西は、いつも、そんなことを考えるのだが、現実は、ドラマみたいに上手《うま》くはいかないものだった。

第一、隣りの座席に、若い美女が腰をかけることなど、めったになかった。たいていは、男で、女だと思えば、婆さんだったりする。

時には、若い女と同席することもあったが、口べたな中西は、上手く話しかけられなかった。どうにか、声をかけても、すぐ、話が途切れてしまう。そうなると、かえって、相手と並んで腰を下していることが、苦痛になってしまうのだ。

東北に旅行したとき、こんなことがあった。

青森から、上野までの夜行列車に乗ったのだが、寝台列車ではなく、四人がけの普通の車両だった。中西の隣りが、冴えない中年男で、前の席には、二十一、二歳の若い女が腰を下した。

平凡な顔立ちの女だった。

青森を発《た》ったのが、午後の十一時近かったが、驚いたことに、風采のあがらない四十七、八の中年男が、向い合った若い女を、いきなり口説き始めたのだ。

それも、しゃれた言葉を口にしたり、気のきいた物をプレゼントするといったやり方ではなかった。ぼそぼそと、低い声で、えんえんと、自分の不幸な生活をしゃべるのである。

働きがないといって、長年連れ添った妻は自分を捨てて蒸発してしまった。会社も倒産してしまい、自分は、今、行商をして歩いていると、網棚の上の大きな荷物を指さして見せる。

女の方は、明らかに迷惑がっている。仕方なしに、聞いているという感じが明らかで、中西は、その中年男が可哀そうになったくらいだった。

中西は、疲れていたので、眠ってしまったが、午前二時頃に眼をさますと、呆れたことに、中年男は、相変らず、若い女に対して、身の上話を続けている。ポケットから、糸と針を取り出し、誰もやってくれないので、自分で、ボタンをつけたり、ほころびを縫ったりしているのだと、ぼそぼそと喋っている。

それが、夜が明けて、上野駅に着くまで続いたのである。中年男は、十何時間か、ひたすら、女に向って、ぐちをこぼし続けたわけだが、中西が驚いたことに、上野駅でおりて改札口に出ると、二人は、肩を並べて、同じタクシーに乗って、どこかへ消えてしまったのだ。

中西は、この出来事から、一つの教訓を得た。女を口説くには、テクニックを弄《ろう》するより、まず、根気が大事だということである。あの冴えない中年男は、ただひたすら、自分の不遇を喋り続け、自分より二廻りも若い女を手に入れてしまったではないか。

彼に比べれば、自分には、若さがある。と中西は思った。向うは、頭の毛も薄くなっていたし、チビだった。中西の方は、もちろん頭髪はふさふさしているし、長身である。顔だって、十人並みだし、大学も出ている。

（不足しているのは、あの中年男の根気だけなんだ）

と、中西は、思った。

何か、気のきいた言葉を口にしようとするから、上手くいえないのだ。あの中年男のように、ぼそぼそと、身の上話をしてもいいのだ。とにかく、話し続けていれば、何とかなる。

中西は、三日間の休暇をとって、京都行を決めたとき、そう自分にいい聞かせた。

2

いつもは、どこへ旅行するのにも、グリーン車を使ったことがなかったのに、今回は、奮発して、グリーン券を買った。

今度の旅行で、日頃夢見ているロマンスを実現させたかったからである。貯金は、二十万円ばかりおろしてきた。

ホテルも、京都グランドホテルを予約した。

列車は、午前十時二十四分東京発の「ひかり一二九号」にした。
十五、六分前にホームに上り、グリーン車のとまる位置に歩いて行くと、美人歌手の島崎みどりが、サングラスをかけて、列車が入って来るのを待っているのにぶつかった。
(やっぱり、グリーン車にしてよかった)

と、中西は、自然に、ニヤニヤした。

島崎みどりの方は、十一号車らしく、十二号車の中西とは一緒ではないようだし、マネージャーらしい男も一緒だったが、それでも幸先がいいと思った。
五、六分前に、列車が入って来た。中西は、十二号車に入り、7番A席に腰を下した。
窓際の席である。

隣りに、どんな人間が来るだろうか? 若い美人ならいいが、男だったらつまらない。

そんなことを考えていると、落着けなくなった。

週刊誌を買いに、ホームへおりた。出たばかりの週刊誌を二冊と、煙草を買って、列車に戻った。

自分の席まで来て、中西は、「あッ」と、一瞬、息を呑んだ。

7番A席に、女が腰を下していたからだが、それだけなら、別に、息を呑んだりはしなかったろう。

彼女が、素晴しい美人だったからである。年齢は、二十七、八歳だろうか。色白の顔が、この頃では珍しい和服姿によく似合っていた。それだけでなく、その女には、気品が感じられた。

近寄りがたいというのではなく、匂うような気品といったらいいのか。彼女を見ているだけで、こちらの気持が豊かになってくる感じがした。

いつもなら、相手の美しさに圧倒されて、声をかけられなくなってしまう中西だったが、今度の旅行では、何としてでもロマンスをと考えていたし、上手い具合に、相手は、席を間違えている。口をきくきっかけに苦労しなくてすむのだ。

列車が動き出したところで、中西は、「あの――」と、女に声をかけた。

「窓側は、僕の席の筈ですが」

「え?」

と、女は、眼をあげて、中西を見た。

切れ長の眼で、じっと、中西を見つめてから、

彼女は、自分の切符を取り出した。

「あ、ごめんなさい」

「いいんですよ。僕は、どちらかというと、通路側の席の方が好きなんです。構わずに、そっちに座っていて下さい」

中西は、わくわくしながら、そういうと、彼女の隣りに腰を下した。

柔らかな、それでいて、甘さのある香水のかおりが、中西の鼻をくすぐった。

車掌が検札に来たときに、女の切符をのぞくと、中西と同じ京都までになっていた。

「京都へ行かれるんですか?」

「ええ」

「僕も、京都へ行くんです」

「そうですの」

「今頃、京都は、紅葉できれいだと思ってるんです」

下手くそな会話だと思いながら、とにかく、話

しかけていれば、何とか知り合いになれるだろうと、中西は思った。

女は、微笑しているだけで、なかなか、中西の話し相手になってくれそうになかったが、名古屋が近くなったとき、急に、

「よかったら、ご一緒に食堂車へ行ってみません？」

と、中西を誘った。

（やっぱり、根気よく話しかけていたのが成功したんだ）

中西は、浮き浮きしながら、腰を上げ、女と一緒に、食堂車へ足を運んだ。

テーブルに向い合って腰を下すと、女は、急に、親しげに、自分の方から話しかけてきた。中西が、面くらったくらいである。

自分の名前を、芦川久仁子と告げ、京都には、西陣にいる友だちに会いに行くのだといった。

「あなたのお名前も教えて頂きたいわ」

「僕は、中西です。通産省に勤めています」

「じゃあ、エリートサラリーマンですわね」

「そんな。ただの小役人ですよ」

と、中西は、頭をかいた。

「京都へは、観光でいらっしゃるの？」

「ええ。正直にいうと、初めて行くんです。だから、どう見物したらいいのか、わからなくて」

「じゃあ、私が案内して差しあげましょうか？」

「え？　本当ですか？」

「ええ。私の用は、ゆっくりでもいいんですから。明日でも、一日、おつき合いしても構いませんことよ」

女、芦川久仁子は、ニッコリと、中西に向って、笑いかけた。

中西は、意外な事の成行きに驚きながら、同時に、上手く行きそうなことに、わくわくしながら、

「ぜひ、京都を案内して欲しいなあ。京都では、グランドホテルに泊ることになっていますから、いつでも、連絡して下さい」

「グランドホテル？　素敵なホテルだわ」

「そうですか。大きなホテルだというので、予約したんですが――」

「素敵なホテルよ」

久仁子は、じっと、中西を見つめていった。強い視線で見つめられて、中西は、ぞくっとしながら、グランドホテルにしておいてよかったと思った。

食事がすんで、中西が、払おうとすると、久仁子のしなやかな手が、つっと伸びて、彼の財布をつかんだ手を止めた。

「私に払わせて」

「そんなわけにはいきませんよ」

「食事にお誘いしたのは、私ですもの」

「しかし――」

男だからといいかけて、中西は、袖口からこぼれた久仁子の左手首に、白い包帯が巻かれているのに気がついた。

久仁子は、見られたと知って、あわてて、左手を引っ込めた。

その間に、中西は、二人の食事代を支払った。

「すいません」

と、久仁子が、いった。

「手首に、怪我でもなさったんですか？」

食堂車を出て、十二号車に戻りながら、中西は、きいてみた。

「先日、猫に引っかかれたところが、化膿してし

まって――」
久仁子は、そういい、もう治っているんですよと、いい添えた。

3

彼女と一緒にいると、新幹線の車内でも、京都へ着いて、ホームにおりてからも、人々が、振り返った。

その視線には、明らかに、軽い羨望と、嫉妬が感じられた。

「みんな、あなたを見ていますよ」

と、中西は並んで歩きながら、小声で、久仁子にいった。

彼女は、微笑んだ。

「それは、あなたがハンサムだからよ」

「とんでもない」

と、中西は、笑ってから、改札口を通り抜けた。

その時、サングラスをかけた中年の男が、じっと、自分たちを見つめているのに気がついた。

新幹線の食堂車でも、ちらりと見かけた記憶がある。

「あのサングラスの男は、あなたの知り合いですか？」

と、中西がきくと、久仁子は、男の方を振り向いて、じっと見ていたが、

「いいえ。知らない人ですわ」

「それならいいんですが。これから、どこへ行かれるんです？」

「グランドホテル」

「え？」

「私は、京都へ来たときに、いつも、グランドホ

テルに泊ることにしているんです」

「しかし、西陣のお友だちに会うというのは――?」

「それは、ホテルに泊ってから、行くことにしているんですよ。お友だちの家に泊るのは悪いし、ホテルが好きだから」

「じゃあ、ホテルも一緒ですね」

「ええ。だから、素敵なホテルだと申し上げたの」

久仁子は、微笑んだ。中西は、ますます嬉しくなった。期待も、風船玉のようにふくらんできた。同じホテルに泊った男女のうち、女の方が、ルームナンバーを男に教えてニッコリする外国映画の一場面が、ふと、中西の脳裏によぎった。あれは、何という映画だったろうか。題名は忘れてしまったが、確か、その二人は、一夜の情事を持って、別れていくのだった。あんな一夜が持てれば、いうことはないのだが。

二人は、並んで、グランドホテルに入った。

観光都市のホテルらしく、ロビーには、外国人の姿が多かった。彼等も、和服姿の久仁子を見て「ほう」という眼になった。

久仁子は、平気で、自分に向けられた外国人の視線を受け止めていたが、一緒にいる中西の方が、かえって照れてしまった。

久仁子が、宿泊カードを書いている間、中西は、横から、そっと、彼女の手元をのぞき込んだ。

なぜか、ツインの部屋をとっていた。

中西は、ちょっと、がっかりした。シングルでなく、ツインルームにしているのは、あとから、連れが来るのかも知れない。西陣の友だちというのを、頭から女性と決めてしまっていたが、男の場合だってあり得るのだ。

外国映画の一場面は、たちまち、消えてしまった。

(旅先のロマンスなんて、そう転がってるわけがないんだ)

と、自分にいい聞かせて、中西は、ボールペンをとって、宿泊カードを書いた。その間に、当然、久仁子の方は、部屋に入ってしまっているものと思ったのだが、ペンを置いて振り向くと、彼女が、待っていてくれた。

それだけでなく、中西の耳元で、

「私の部屋は、六〇二一。六階の二十一号室。覚えておいてね」

と、ささやいた。

中西の胸が、またふくらんできた。久仁子は、そんな中西に向って、

「あとで、いらっしゃいな」

「しかし、誰か——」

と、いいかけて、中西は、自分のヤボに気付いて、赤くなった。ツインルームを予約したから、あとから男が来るものと決め込んで、彼女の誘いに、ためらってしまったのだが、考えてみれば、そうなら、中西を誘ったりはしないだろう。

彼女が、ツインルームを予約しているのは、いつ、男を誘ってもいいようにという配慮からに違いない。

(彼女も、旅にアバンチュールを求めてやって来ているのだ)

と、思うと、中西は、急に気楽になって、

「楽しみにしていますよ」

と、久仁子にいった。

4

ボーイに案内されて、自分の部屋に入ったものの、中西は、女のささやきが耳について、落着けなかった。

久仁子は、あとでいらっしゃいといった。

今は、午後二時を回ったところである。こんな時間に出かけて行ったら、笑われてしまうだろう。

夕食のあとだなと思いながら、彼女の色白な顔が、ちらついて離れない。

（彼女は、いったい、どんな女なんだろう？）

人妻だろうか？　それとも、未亡人だろうか？

ただのハイミスにしては、肌に艶《つや》があり過ぎるし、あれほどの美人が、ハイミスの筈はあるまい。

京都に着いたら、まず清水寺あたりを見物してと考えていたのだが、そんなことは忘れてしまった。

（人妻かな？）

そんなことを考えていると、いやでも妄想が深くなって、いよいよ、落着きを失ってきた。

仕方なしに、部屋を出て、一階のロビーにおりて行った。ひょっとして、彼女も、ロビーに来ているのではないかと思ったのだが、そう上手くはいかないもので、喫茶室をのぞいても、久仁子の姿はなかった。

中西は、喫茶室で、コーヒーを頼んだ。

そのコーヒーが運ばれてくるのと一緒に、人影が、彼の前に立った。

「そこに座っていいかな？」

と、相手がきいた。

中西は、眼をあげて、ぎょっとした。

列車の中や、京都駅で見たサングラスの男だったからである。

今も濃いサングラスをかけ、その奥から、じっと、中西を見つめている。妙に、威圧的な物腰だった。

中西が、黙っていると、それを了解と受けとったのか、太った身体を、どっかりと、向い合った椅子に落着けてしまった。

「私にも、コーヒーだ」

と、指を立てて注文してから、

「君と彼女とは、どんな関係なのかね」

と、中西にきいた。

中西は、とぼけて、

「彼女って、誰のことですか？」

「君と一緒に、ここに泊った和服姿の女のことだ。いったい、君と、どういう関係かね？　前からの知り合いなのか？　それとも、偶然新幹線の中で知り合ったのかね？」

不遠慮なきき方だった。

中西は、むっとした。

「なぜ、僕が、そんな質問に答えなきゃならないんです？　第一、他人《ひと》に物をきくのに、自分の名前をいわないなんて、失礼じゃないですか？」

「私の名前は、久保田だ」

男はニコリともしないでいった。

「それで、なぜ、変な質問をするんです？」

「君は、まだ、こちらの質問に答えていない。彼女とは、前からの知り合いかね？」

「彼女が、どうかしたんですか？」

中西は、逆に、きき返した。

久保田と名乗った男は、運ばれて来たコーヒーを、ゆっくり口に運んでから、

「そんな質問をするところをみると、前からの知り合いではなさそうだな」

と、見すかしたように、いった。

「そうなら、どうだというんです？」

「彼女は美人だ」

「そんなことは、あんたにいわれなくたってわかってますよ」

「なかなか魅力がある。だが、出来れば、近づかない方がいいな」

「なぜです？」

「理由はいえないが、私の忠告を聞いた方がいい」

「わけもわからずに、あんたのいうことは聞けませんよ。あの女《ひと》に、怖い男でもついているというんですか？　ヤクザか何かの」

中西は、ひょっとして、眼の前の男が、彼女に惚れていて、近づく男を脅して、遠去《ざ》けようとしているのではないかと思った。

そう思うと、サングラスの男は、ヤクザに見えないこともない。

男は小さく頭を横に振った。

「彼女は、ヤクザとは関係ないよ」

「他人《ひと》の奥さんだから、気をつけろというんですか？」

「いや。彼女は、今、自由だ。ひとり者だ」

「それなら、僕がつき合ったって構わないじゃありませんか？　それとも、あんたに、僕を止める権利でもあるというんですか？」

中西は、食ってかかった。

久保田は、すぐには返事をせず、黙って、考え込んでいたが、

「確かに、私には、君を止める権利はない。だか

ら、忠告だといっているんだ。君は、いくつだ？」

「え？」

「君の年齢《とし》をきいているんだ。いくつだね？」

「二十五ですが、それが、どうかしましたか？」

「二十五か。なるほどな」

久保田は、ひとりで肯いている。中西には、何が何だかわからなかった。相手が、何を肯いているのかわからない。

中西が、男の顔を見つめていると、相手は、急に立ち上った。

「私は七〇〇三号室に泊っている。七階の三号室だ。何かあったら、私に連絡したまえ」

「何かあったらって、いったい、何があるっていうんです？」

中西がきいた。が、男は、返事をせずに、エレベーターの方へ歩いて行ってしまった。

5

久保田という得体の知れぬ男の言葉は、中西にとって、かえって、刺戟《しげき》になった。

もし、あの男が、本気で、中西を芦川久仁子に近づけまいとしたのなら、彼の言葉は、逆効果だった。

久保田の言葉を聞いていると、久仁子には、何か、影がありそうである。しかし、それは、中西にとって、一層、彼女を、魅力的に感じさせた。

夕食をすませてから、中西は、シャワーを浴び、髪をなでつけてから、自分の部屋を出た。

いったん、地下の売店街におりて、花束を買ってから、六階にあがり、六〇二一号室のベルを押した。

部屋の中で足音がした。

中西は、緊張した顔で、ドアが開くのを待った。

（さっきいったのは、冗談だったのよ）

とでもいわれたら、どうしようか。そんな不安が、ふと、頭をかすめた。

ドアが開いた。

とたんに、中西は、はっとした。和服姿だった久仁子が、鮮やかな黒のネグリジェ姿で現われたからだった。

胸元の白さが、やけに眩しかった。

「いらっしゃい」

と久仁子が、艶然と笑いかけた。

「いいんですか？」

「何をいってるの。お入りなさいな」

久仁子は、中西の手をとって、部屋に導き入れた。

彼女の手の温かさが、直接、伝わって来た。

「やっぱり、来て下さったのね」

「そりゃあ、来ますよ。これを受け取って下さい」

と、中西は、地下の花屋で買って来たバラの花束を差し出した。

久仁子の眼がうるんだ。

「私の好きな花を、覚えていて下さったのね」

「ええ。まあ」

中西は、あいまいに、口をもぐもぐさせた。バラを買ったのは、それが安かったからに過ぎない。第一、彼女が、何の花が好きなのか、知っていなかった。

「嬉しいわ。覚えていて下さって。私を愛して下さっている証拠ですもの」

久仁子は、花束を抱きしめるようにしていた。

「ね？　私を愛しているんでしょう？」

「もちろん、好きですよ」

「じゃあ、こっちへ来て」

久仁子は、花束を置くと、中西を、ベッドの方に誘った。

ベッドに、並んで腰かけると、中西は、生つばを呑み込みながら、彼女の身体に手を回した。

弾力のある肉感的な身体だった。

久仁子の方から、身体をあずけてきた。ネグリジェの裾が割れて、太もものあたりまで、あらわになった。その白さが、突き刺ってくる感じがした。中西は、思わず、抱きしめて、唇を押しつけた。

久仁子は、眼を閉じて、中西のなすに委《まか》せている。

そっと、ネグリジェを脱がせても、久仁子は、抵抗しなかった。ただ、息使いがせわしなくなっただけである。

むき出しになった裸身を、中西は抱きしめ、ベッドに倒れ込んだ。

「――さん」

と、久仁子が、小さく叫んだ。

6

中西の若い身体に、けだるい疲労感が残っていた。

久仁子は、気品のある顔に似合ず、セックスは、激しく、貪欲だった。絶頂に達すると、大きな叫び声をあげ、何度も、求めてくる。二人の身体は、ベッドの中で、汗まみれになった。

いつの間にか朝が来ていた。

中西の胸に、しがみつくようにして、久仁子は眠っている。

「――さん」

と、また、彼女がいった。

明らかに、中西の名前ではなかった。

(寝呆《ねぼ》けているらしい)

と、中西は、微笑みながら、そっと、彼女の手を外して、ベッドから起き上った。

下着を着ようとして、手を伸ばしたとき、

「何してるの?」

と、声をかけられた。

振り向くと、久仁子が、ベッドの上に座って、変にすわった眼で、中西を見つめていた。

「もう、自分の部屋に戻らなきゃあ――」

と、中西がいうと、久仁子は、きらりと眼を光らせて、

「何をいってるの。私たちの部屋はここよ」

「そういってくれるのは嬉しいんですが、僕の部屋は、十一階で――」

「十一階?」

「ええ」

「やっぱり、他の女を連れて来てるのね?」

女の眼が険しくなった。

(何だか、変な具合だな)

と、中西は、思いながら、あわてて、

「そんなことは――」

「それなら、私の傍にいて」

「ええ。いいですよ」

中西は、彼女の横に戻って、ベッドに腰を下した。

久仁子の顔に、微笑が戻った。

「よかった。今日が何の日だか覚えていらっしゃるわね？」

「え？」

「忘れたの？」

久仁子の顔が、悲しげにゆがんだ。

中西は、当惑しながら、

「しかし、突然いわれても――」

「ひどいわ。今日は、私たちが初めて出会った日じゃないの。それを忘れてしまったの？」

「僕は、中西です。人違いしてるみたいですけど――」

「いいわけはしないで。下手ないいわけは聞きたくないの。私を愛しているんでしょう？　違うの？」

「愛しているといわれても――」

中西は、自然に、口ごもった。ここまでくれば、女が、自分を誰かに間違えているのは、いやでも、はっきりしてきた。しかし、それをいっても彼女が、わかってくれるかどうか、自信がなくなってしまった。

この部屋で、はじめて抱きしめたとき、彼女は、「――さん」と、呼んだ。今、考えると、「島本さん」と、呼んだようだ。

女は、中西を、島本という男と間違えているのだ。

新幹線の車内で会ったときから、間違えたとは思えない。あの時は、にこやかに笑っていたが、他人の感じだった。

このホテルに入ってから、急に、女が、中西を誘うような態度に変ったのだ。ルームナンバーを教え、あとで来るようにいったあたりから、女の頭の中で、島本という男と、中西とが、重なり始めたのではあるまいか。

（それほど、おれと、島本という男は、よく似ているのだろうか？）

中西は、そう思ったが、それを、困ったとばかりは考えなかった。とにかく、相手は、素晴しい美人である。抱き甲斐のあるいい身体をしている。島本とかいう男になりすまして、この女と愛し合うのも悪くはないという助平根性も、働いていたからだった。

女の眼は、明らかに、思い出の世界に入り込んでいる。

「私を愛していないの？」

久仁子は、思いつめた眼で、じっと、中西を見つめた。

ふと、中西は、まだ見たこともない島本という男に、強い嫉妬を感じた。

「もちろん、愛しているさ」

と、中西は、急に、覚悟を決め、女の身体を抱き寄せた。

「本当？」

「本当さ。だから、二人でここにいるじゃないか」

「信じていいのね？」

「信じてくれなきゃ困るよ」

中西は、抱いた手に力をこめた。島本とかいう男になりすましてやろうという気持より、その男に対抗して、彼女を抱いてやろうという気持の方が強かった。

「嬉しい」

と、久仁子は、頬を紅潮させて、

「あなたに捨てられるのかと思ったわ」

「君みたいな魅力的な女性を、僕が捨てるわけはないじゃないか」

　中西は、ひとかどのプレイボーイになったような気分で、久仁子にいった。

「それなら、嬉しいんだけど、あなたに、別に女が出来たと聞いたときは悲しかったわ。私より若くて、きれいな人なんですってね。それを聞いたとき、悲しくて、死のうと思ったの。嘘じゃないわ」

　久仁子という女は、感情の起伏が激しいらしく、また、涙声になり、突然、左手首に巻きつけていた包帯を、引きちぎるようにして、外してしまった。

「これを見て」

　と、その手首を、中西の眼の前に突きつけるようにして、

「おととい、その女のことを聞いて、生きているのが嫌になって、カミソリで切ってしまったの。友だちに見つかって、救急車で運ばれたわ。それほど、あなたを愛しているのよ」

　手首に、確かに傷痕があった。しかし、それは、おとといの傷なんかではなく、明らかに、二、三年前のものだった。

　彼女が自殺を図ったのが事実としても、それは、昨日、今日のことではなく、二、三年前のことなのだ。

　すると、今日の現実と、二、三年前の過去とが、彼女の頭の中で、混り合っているのだろうか？

　ふと、中西は、背筋に冷たいものが走ったのを覚えながらも、

「僕が好きなのは、君だけだよ」

　と、もう一度、彼女を抱きしめた。

「本当なのね？」

「信じて貰いたいな。だからこそ、こうして、この部屋で、君を抱いているじゃないか」

「そうなら嬉しいけど――」

と、彼女がいったとき、突然、部屋の電話が鳴った。

7

久仁子は、裸のまま、受話器を取りあげた。

その間に、中西は、またベッドにもぐり込んだ。

彼女を、もう一度、抱きたくなったのだ。

久仁子は、丸いお尻を中西に見せて、電話の応答をしている。

小声なので、どんな電話なのか、ベッドの中西にはわからなかった。

（西陣の友だちとかいう相手からの電話だろうか？）

中西が、そんなことを考えている中に、久仁子は、受話器を置いた。

「早く、ベッドにおいでよ」

と、中西が、呼んだ。

だが、女は、彼に裸の背中を向けたまま、じっと考え込んでいるようだったが、急に、バスルームの方へ歩いて行った。

（化粧でも直してくるのかな）

中西が、思っていると、女が、戻って来た。

右手を背中に回し、顔が笑っている。

中西も、それを見て、自然に、笑顔になったが、ふと、おかしいぞと思った。

女の笑い方が、どこか、引き吊ったように見えた。口元が笑っているのに、眼が笑っていないのだ。

中西は、本能的に、得体の知れない怖さを感じて、身体をかたくした。

次の瞬間、久仁子は、形相を変えて、

「殺してやる!」

と、叫んだ。

背中に回していた右手には、カミソリが、しっかりと握られているのだ。

中西は、蒼白になって、ベッドから飛びおりた。

「どうしたんだ? 止めてくれ!」

「あなたの女から電話があったのよ。このホテルに連れて来ていたんじゃないの。よくも私を裏切ってくれたわね。あなたを殺して、私も死んでやる!」

女は、カミソリで切りつけてきた。

中西は、初めて、女の怖さを知った。腕を突き出して防ごうとして、右手を切られた。

血が吹き出した。

「殺してやる!」

と、女は、明らかな狂気を見せて、叫んだ。

「助けてくれ!」

と、中西も、思わず、悲鳴をあげていた。

右手からは、血が流れ続けている。逃げ廻るにつれて、部屋中に、血が、飛び散った。

中西は、部屋の隅に追いつめられた。

「止めろ! 止めてくれ!」

と必死に叫んだとき、その言葉が通じたように、ドアが開いて、ホテルの従業員と、サングラスの男が、飛び込んで来た。

8

「三年前、このホテルで、若い男が、のどをカミソリで切って死亡し、一緒にいた女は、左手首を切って自殺を図った事件が起きたんだ」

サングラスの男が、ゆっくりといった。

中西は、ベッドに横たわって、彼の話を聞いた。包帯を巻いた右手が、まだ、ずきずき痛む。

「私は、女が、男を殺したのだと考えた。私が調べたところ、男には、新しい女が出来ていて、二人の間に、秋風が吹いていたからだ。しかし、女は、男が心中を持ちかけ、自分でのどを切ったのだと主張した。私は、女が嘘をついていると思ったが、反証がないままに、この事件は、警察の手を離れてしまった」

「あんたは、刑事か？」

「その事件を調べた刑事だよ。その後、彼女は、毎年、事件の起きた十月になると、京都のこのホテルに来るようになった。私は、死んだ男の霊が呼ぶんだと思っていた。今年も、彼女はやって来た。新幹線の中で、君という連れがいるのを見て、私は、びっくりした。君が、死んだ島本功という男によく似ていたからだ。それに、年齢まで同じだった。それで、私は、彼女が、君を、三年前の男と重ね合せて考えるのではないかと思った。しかし、君のことも心配なので、一応、注意したんだ」

「でも、僕を相手に、彼女が幻想に落ち込んで、三年前の事件が再現すればいいと思っていたんでしょう？」

「その気が無かったとはいえないね。そうなれば、彼女が、男を殺したことを証明できるからだ」

男は、表情を殺した顔でいった。

中西の眼が光った。

「途中で、部屋に電話をしたのは、あなたですね？」

「ああ。ホテルの女子従業員に頼んで、電話をかけて貰ったんだ。三年前に殺された島本功の恋人と名乗ったんだよ。芦川久仁子を刺戟してみたんだ」

「おかげで、僕は、危うく殺されるところでしたよ」

「あの部屋には、盗聴マイクを仕かけてあったから、君が殺されることはなかったんだ。いざとなれば、飛び込むつもりだったからね」

「しかし、僕は、手を切られたんですよ」

「わかってる。君には悪いことをしたと思っている。だが、私の弟は、三年前に、彼女に殺されたんだ」

モーツァルトの罠

1

三浦功の趣味は、ＦＭで、クラシック音楽を聞くことだった。

そのクラシックの中でも、モーツァルトの優しさが好きで、冴子と結婚してからも、この趣味だけは変らなかった。

冴子の方は、静かにクラシックを聞くというようなところはなくて、派手に遊び歩くという方だった。

三浦は、そんな冴子に、別に嫌な感じを持たなかった。自分が、どちらかといえば、内向的な方なので、伴侶としては、冴子のように、明るくて、社交的な女性がいいと考えて、彼女と結婚したのである。

三年たった今も、三浦は、この結婚が成功だったと思っていた。

Ｔ大を卒業して、Ｎ物産に入った三浦は、二十八歳の現在、輸出第一課で、係長の椅子にある。一応、エリートコースを歩いているといっていい。

当然、対外的なつき合いも多くなってくるが、それが、三浦は、あまり、得手ではない。

社交的な冴子が、三浦のそんなところを補ってくれている。三浦は、そう考え、冴子に感謝していたし、まだ、子供が生れないことも、別に不満は持たなかった。

三浦は、麻雀をいくらかやるくらいで、バクチも、酒もやらなかった。

その代り、オーディオ装置には、百万近い金をかけた。レコードも、一ケ月に二、三枚は買っている。もちろん、全て、クラシックである。

三月末のその日、朝食のあとで、新聞を広げていて、今夜九時から、ＦＭで、彼の最後の傑作といわれる「魔笛」が放送されるのを知った。演奏はベルリン・フィルで、指揮者はカラヤンである。

あいにく、今日は、課長と一緒に、お得意のバイヤーと、夕食の約束があった。そのあとは、クラブへ招待することになっている。

三浦は、酒は飲めないが、だからといって、相手を放り出して、帰ってしまうわけにもいかない。恐らく、いつもの通り、帰宅は、十二時を過ぎることになるだろう。

そんな時は、テープに録音しておいて、あとで聞くことにしていた。

出勤前のあわただしさの中で、三浦は、自分の書斎に戻ったが、オーディオのテープの部分が故障しているのを思い出した。

モーターの故障である。

（早く直しておくんだった）

と、舌打ちしたが、今日には間に合わない。

そこで、ラジカセを使うことにした。

何といっても、本格的なオーディオに比べて、小さなラジカセは、音が悪いので、ここ一年ほど、使ったことがなかった。

それを取り出し、カセットテープをセットし、九時にタイマーを合せてから、家を出た。

家を出る時、冴子には、帰宅は、十二時過ぎになるだろうといい残した。

2

予想した通り、帰宅は、午前さまになった。

外国のバイヤーは、ビジネスライクだというが、日本に長くいると、こちらの習慣になじんで、つき合いがよくなる。

今夜のアメリカ人のバイヤーも、喜んで、食事のあと、クラブやスナックのハシゴをした。

三浦は、アルコールは、少ししか飲まず、あとはジュースと、コーラで、つき合っていたのだが、それでも、少し酔ってしまった。

妻の冴子は、もう寝ていた。

三浦が係長になり、つき合いが多くなってから、遅くなるときは、冴子に、先に寝てくれるようにいってあった。

三浦は、冴子を起こさないように、足音を殺して書斎に入った。

寝る前に、どうしても、録音した「魔笛」を聞きたかったからである。

テープを巻き戻してから、再生ボタンを押した。


テープが、ゆっくり回り始める。

三浦は、耳をすませた。

だが、いっこうに、ベルリン・フィルの演奏が始まらない。テープの回る音が聞こえるだけである。

(しまった!)

と、気がついた。

久しぶりにラジカセを持ち出したのと、出勤間際で、気がせいていたために、九時になったら、FM放送を録音するようにセットしないで、ただ、録音装置が働くようにして、出勤してしまったのである。

だから、マイクが、書斎の音を拾ってしまったのだ。

無人の書斎だから、テープの回転する音だけしか聞こえないのが、当然だった。

（まいったな）

と、三浦は、苦笑し、ストップボタンを押しかけた時、ふいに、何かの音が飛び込んできた。

最初、何の音かわからなかった。

続いて、別の音。そこまできて、ドアが開いて、書斎に、人が入って来たのだとわかった。

（冴子が、掃除に入ったのだろう）

と、思いながら、好奇心がわいて、三浦は、耳を傾けた。

明日、朝食のときにでも、冴子に、

「昨日、書斎に入ったろう」

といって、驚かしてやろうぐらいの軽い気持だった。

ふいに、冴子の笑い声が入ってきた。

「ふふふ――」

という含み笑いである。

しかし、まだ、三浦は、善意に解釈していた。

きっと、冴子は録音装置が動いているラジカセを見たのだ。それで、笑ったに違いない。

だが、次の瞬間、三浦の顔色が変った。

「よしなさいよ」

という、冴子の媚びを含んだ声が、スピーカーから聞こえたからだった。

明らかに、男に向っていっている声である。

続いて、

「こんなところで、悪趣味ね。主人に悪いわ」

と、冴子がいった。

相手の声は、聞こえない、だが、明らかに、妻の冴子が、三浦以外の男と、この部屋にいたのだ。

沈黙があって、また、冴子の笑い声になった。

甘えた笑い声だった。

三浦は、唇を噛んだ。

冴子の社交性はわかっていたし、結婚する前のボーイフレンドと、今でも、電話ぐらいしていることは知っていた。

だが、これは、明らかに、浮気ではないか。

三浦の留守を幸いに、男を家に入れ、しかも、彼の書斎で、その男とたわむれているのだ。

冴子が、「よしなさいよ」といったとき、男が、キスするか、抱き寄せるかしたのだろう。

「奥へ行きましょうよ」と、冴子の声がいった。

「ここじゃあ、いくら何でも、主人に悪いわ」

足音がし、ドアの開閉する音が続き、それきり、何の音も聞こえなくなった。

3

最初に感じたのは、怒りというよりも、屈辱感だった。

三浦は、二十八歳の今日まで、負け知らずに生きて来た。

小学校、中学、高校と、三浦は、首席で通した。ただ単に、勉強が出来ただけではない。高校は、進学校で、野球部は、甲子園に出られるほど強くはなかったが、それでも、三浦は、サードを守り、二年からキャプテンをつとめた。

T大にも、現役組で合格している。

T大では、首席とはいかなかったが、五番以内で卒業し、N物産に入社した。

営業部長秘書で、重役の娘だった冴子には、独身社員の多くが、モーションをかけていた。

三浦は、ここでも、何人かのライバルを蹴落して、冴子と結婚したのである。

三浦の二十八年間の人生で、挫折を味わったことがなかったのだ。

これからも、挫折はないだろうと思っていた。

エリート・コースにのっている上に、重役の娘と結婚したのである。出世は約束されたようなものだった。

三十代で課長になり、四十代で部長の椅子につけるだろう。

それが、どこの誰ともわからぬ男に、初めて、負けたのだ。妻を、盗みとられたのだ。

その男は、きっと、彼から妻を寝とったことで、ほくそ笑んでいるに違いない。三浦のことを、わらっているかも知れない。

この屈辱感は、我慢がならなかった。

三浦は、テープを止めると、じっと、宙を睨んで、考え込んだ。

今、騒ぎ立てて、これが公けにでもなったら、屈辱感は、一層、ふくれあがってしまうに決っている。

妻を寝とられた男ほど、みじめなものはない。フランス小話なんかで、笑いのタネにされるのは、たいてい、そういう哀れな男だ。

妻の冴子を問い詰めても、彼女は、正直に話はしまい。それに、夫婦ゲンカが激しくなって、妻に浮気されたという噂が立つのもいやだった。

第一、今の録音では、冴子の相手が、どこの誰なのかわからなかった。

まず、そいつが誰か、突き止めるのだ。と、三浦は、自分にいい聞かせた。

三浦は、冴子を愛している。いや、このいい方は、正確ではないかも知れない。

彼女を必要としているといえば、一番正しいだろう。

美貌で、すらりとした冴子は、一緒に歩いていて楽しかった。

それに、何といっても、水沼専務の娘だった。

N物産は、大会社だが、それでも、社長の水沼喜平を筆頭に、水沼一族が、支配している。

だから、水沼冴子と結婚したことは、出世の切符を手に入れたと同じなのだが、逆に、冴子を敵に回してしまったら、N物産での出世は、おぼつかなくなってしまうだろう。

冴子は、明らかに、浮気をしている。

だが、彼女と別れることは出来ない。そんなことをしたら、出世の道を、自分で閉ざすようなものだからだ。

自己満足のために、男らしく振舞って、出世を諦めるには、年齢《とし》を取り過ぎているとも思った。

まず、相手の男が誰か知らなかった。どうするかは、そのあとで考えようと思った。

名前がわかったら、その男を脅して、冴子から遠去ければいいだろう。それで、妻に貸しを作れるのだ。

三浦は、精巧な小型テープレコーダーを一台買って来た。

片道二時間のテープがかけられ、FM、AMのラジオも聞けるようになっている。ラジオつきにしたのは、もし冴子に発見された時、ラジオを聞きたかったから買ったと弁明できると思ったからである。

三浦は、仕事で遅くなる時には、わざと、冴子に、帰宅予定時刻を告げてから、書斎には、ラジカセをセットし、新しく買った小型テープレコーダーは、寝室にかくして、タイマーと接続して出かけた。

最初は、空振りに終った。

書斎のラジカセには、何の音も入っていなかった。

寝室の小型テープレコーダーに入っていたのは、やかましいディスコ音楽である。冴子も、ラジカセを持っている。ベッドに寝転んで、彼女が、それで、ディスコ音楽を聞いていたのだろう。

今夜は、冴子は、ひとりで過ごしていたのだ。

しかし、冴子が、浮気をしているのは間違いない。

そう思って、彼女の様子を観察すると、ここ二、三日、妙に、神経質になっているような気がするのだ。

二人で向い合って食事をしている時、ふっと、考え込んでしまったりするのだ。怖いもの知らずで育って来た冴子も、自分の浮気を後めたく思っているのだろうと、三浦は、勝手に解釈した。

四月十日も、バイヤーとの夕食が予定されていた。

三浦は、朝、「今日も、多分、午前二時、三時になるよ」と、冴子にいい、ラジカセと、小型テープレコーダーをセットして、家を出た。

4

帰宅は、午前三時に近かった。

冴子は、いつものように、先に寝てしまっていた。

三浦は、接待で疲れた身体を、椅子に沈め、ラジカセを手に取った。

机の上にのせて、巻戻しのボタンを押す。

テープが巻き戻されている間、三浦は、煙草に火をつけた。

テープを聞くのが、怖いような気がする反面、奇妙な刺戟も感じていた。

（多分、このテープには、何も入っていないだろう）と、思いながら、再生のスイッチを押した。

いきなり、冴子の声が飛び出してきた。

「ここでは、キスだけよ。あとは、向うでね」

甘えた声だ。

三浦は、ボリュームをあげた。男の声を聞きたかったからだ。

「わかってるよ」

と、男の声がいった。

押し殺したような声だった。若いということだけは、わかった。

「木下さんって、強引なのね。紐が切れちゃったわ」

冴子がいう。

男が強く抱きしめたので、ドレスの紐が切れてしまったのか？

（木下だって？）

三浦は、自分の職場の男たちの顔を思い出してみた。

木下裕一郎という男が一人いる。しかし、この男は、今、仕事でオーストラリアに行っている。

キスの音がした。

「あなたの新宿の店、うまくいってるの？」

「ああ、うまくいってるさ」

「羽衣って店の名前、変えた方がいいんじゃないかしら。もっと現代的な名前に」

「そんなことは、どうでもいいよ。それより、亭主と別れて、おれと一緒になろうじゃないか。可愛がってやるぜ」

「駄目よ。そんなこと――」

「どうせ、臆病者のサラリーマンだろう？　そんな奴は、おれが、一発殴りつけてやれば、尻尾《しっぽ》を巻いて、逃げ出すさ」

「彼は、勇気があるわ」

「どうだかね。おれが脅かせば、あんたを置いて逃げ出すね。賭けてもいいぜ。そうなりゃ、あんたは完全に、おれのものさ。その時が楽しみだよ」

そのあと、沈黙。

抱き合ってでもいるのか、冴子の忍び笑いが聞こえた。

三浦の顔が、引き吊った。

これは、妻、冴子の単なる浮気ではないのだ。

相手の木下という男は、どうやら、水商売をやっているらしい。羽衣というスナックでも経営しているのだろう。

そいつにとって、N物産の重役の娘は、いい金《かね》蔓《づる》だろう。結婚できれば、大変な出世だ。男にも、玉の輿というういい方があれば、それに当る。

亭主を追い出して――というのは、この男の本音なのだ。

三浦は、それ以上、聞くのが怖くなって、テープを止めてしまった。

椅子に腰を下したまま、じっと、考え込んだ。

（どうしたらいいだろう？）

冴子の両親に相談しようか？　だが、二十八歳にもなって、妻の浮気におたおたして、両親に相談したりしたら、いい物笑いになってしまうだろう。

冴子にだって、軽蔑されかねない。

こうした問題を、警察に持っていくわけにもいかない。

自分で解決するより仕方がないのだ。

翌日、三浦は、会社の帰りに、新宿で、「羽衣」という店を探した。

どうするにせよ、木下という男が、どんな奴か見ておきたかったからである。

東口の交番できくと、すぐわかった。

想像していた通り、歌舞伎町の奥にあるスナックだった。

ビルの地下にあって、さして、大きな店ではなかった。

三浦は、サングラスをかけて、急な階段をおりて行った。

八坪くらいの店である。

カウンターの向う側に、二十七、八のバーテンがいて、他に女の子が三人ばかりいた。

四人の客が、奥のテーブルで飲んでいた。

三浦が、手前のテーブルに腰を下すと、小柄な女の子が、隣りに座った。
二十五、六だろう。
「いらっしゃい」

「僕は、あんまり飲めないんだ」

と、いいながら、三浦は、カウンターの向うにいるバーテンを見た。

(あの男が、木下だろうか?)

「じゃあ、何か軽い飲み物ね。あたしも頂いていいかしら?」

女が、三浦の煙草に火をつけてくれながらきいた。

「いいよ」

と、三浦が肯くと、女が、カウンターのところに行き、おつまみと、ビールに水割りを持ってきた。

三浦に、ビールを注いでから、

「じゃあ、乾杯」

と、自分は、水割りのグラスを手に取った。

三浦は、ビールを一口飲んでから、

「カウンターの向うにいる人は、木下さんじゃないかね？」

「ええ。この店のオーナーで、同時に、バーテンさん。お客さん、知ってらっしゃるの？」

「ちょっとね。女の子によくモテると聞いたんだけど」

「ええ。よくモテるわよ。怖いところもあるけど、いい男ですものね」

女は、ニッと笑った。

確かに、いい男だ。だが、どこか冷たい感じがする。

ただ、痩せて、そう強そうには見えなかった。

そのことに、三浦は、多少、ほっとしながら、

「この店には、どんな人が飲みに来るの？」

「場所がいいから、いろんな人が来るわ。サラリーマンの人もいるし、学生さんも来るしね」

「女の人は？」

「そうね。最近は、女のお客さんも来るわ。女の人同士で来たりね」

と、女の子がいった。

冴子も、ここへ飲みに来て、木下という男と知り合ったのだろう。

冴子は、三浦と違って、酒が強く、女友だちと飲んで来ることも、時々あったからである。

（あの男に、妻の冴子から手を引けといってやろうか？）

だが、その勇気がわいて来ない中に、客が立て

こんで来た。
仕方なく、三浦は、腰をあげた。

5

それから一週間たった四月十八日、また、三浦は、遅くなることになって、書斎のラジカセと、寝室の小型テープレコーダーをセットして、出社した。

帰宅してから、まず、書斎でテープを聞いた。

木下の態度は、ますます、エスカレートしていた。

「おれは、前から、こんな書斎が欲しかったんだ」

「駄目よ。いじっちゃあ。彼の部屋なんですからね」

「かまやしねえよ。どうせ、すぐ、おれのものになるんだ」

「そんな約束はしていないわ」

「いいから、いいから。おれは、まだ、あんたの亭主に会ったことはないが、どうせ、出世ばかり考えてる意気地なしさ。あんたが嫌なら、おれが話をつけてやるよ。あんたは、おれのものだってな」

「彼は、私を愛してるわ」

「どうかね。愛しているなら、あんたの浮気に気づいていそうなものじゃないか。そうだろう？　まあ、気づいたって、おれとケンカする勇気なんかないさ。おれが、二、三発殴りつけてやりゃあ、あんたを放り出して逃げ出すよ」

「彼は、私を手放すまいとして、戦ってくれると思うけど——」

「そんな奴とは思えないね。試しに、今度会ったら、一発ぶちかましてやろうか。それとも、ぶすッとやってもいいぜ。ナイフをちらつかせるだけで、真っ青になって、逃げ出すだろうがね。まあ、見てろよ。おれは、あんたを、亭主から奪い取ってやるからな」

そんな会話が、続くのだ。

聞いている中に、強い恐怖と同時に、激しい怒りが、わきあがって来た。

ぶすッとやるとか、ナイフでとかいっているところをみると、木下という男は、チンピラあがりかも知れない。

スナック「羽衣」で見た時も、一見、やさ男なのだが、眼つきが鋭かった。ジャックナイフぐらい、いつも持ち歩いているのではあるまいか。

そう考えると、恐怖が強くなってくる。ああいう男のことだから、こっちが黙っていても、いきなり、刺すかも知れない。

検察庁の書記官を、刺した男がいたのを、三浦は、思い出した。書記官の妻に惚れて、夫の方を、突然、刺したのである。しかも、地検の中で。

木下という男だって、そのくらいのことはしかねない。

恐怖が、三浦に襲いかかってくる。だが、逃げるわけにはいかないのだ。逃げたら、物笑いの夕ネになるだけだ。といって、浮気を理由に、冴子と離婚するわけにもいかない。彼女を失ったら、N物産で、出世が出来なくなる。同僚に同情されるかも知れないが、同情で生きてはいけないし、満足も出来ない。

翌日、三浦は、会社の昼休みに、銀座の金物店に足を運んだ。

いろいろなナイフが並んでいる。

その気になって見ると、一突きで、人間を殺せそうなナイフが、いくらでも売っているのだなと思った。

刃渡り二十センチ近いものもある。ステンレスの刃がきらきら光っていた。これで、腹部を一突きしたら、間違いなく死ぬだろう。

三浦は、一万五千円で、ナイフを買った。

この時は、木下を殺そうという気より、あくまでも、護身用のつもりだった。

6

次の日曜日。

冴子は、学校時代の友人に会ってくるといって、いそいそと出かけて行った。

三浦は、自分の書斎に入り、気持を落着けようとして、好きなモーツァルトのレコードをかけた。

不思議なものだという気がする。あの時、ラジカセの操作を誤らず、「魔笛」が録音できていたら、今頃、何も知らずに、のんびりと、その「魔笛」を聞いていたかも知れない。

だが、木下にいきなり刺されて、わけもわからずに、あの世に行ってしまっていたということも考えられるのだ。

三浦は、買って来たナイフを取り出した。

両刃のナイフが、蛍光灯の明りの下で、鈍く光っている。

木下の奴も、今頃、ナイフを磨いているのだろうか？

いや、冴子は、木下に会いに出かけたのかも知れない。そうに決っている。木下は、また、亭主を殺してやるとでも、冴子にいっているのだろう。

それを考えると、呑気に、モーツァルトを聞いていられなかった。

木下は、冴子を外に出しておいて、突然、この家に侵入して来て、三浦を殺すつもりかも知れない。そんなことだって、考えられなくはないのだ。

ふいに、書斎の窓が、がたんッと鳴った。

風なのだ。

だが、三浦はびくッとして、血の気が引いた顔になった。

恐怖が、少しずつ、増幅していく。

(このままでいると、いつか、木下に殺されるだろう)

と、思った。

ああいう男だ。ひょっとすると、人殺しの前科ぐらいあるかも知れない。そうなら、なおのこと、簡単に、三浦を殺《や》るだろうし、殺したあと、三浦の死体を、どこかの山の中にでも埋めて、知らん顔を決め込むのではないか。

恐怖が高まってくると、「先に殺《や》らなければ――」という気持になってきた。

三浦は、真っ青な顔で、ナイフをポケットに入れると、立ち上った。

新宿へ出て、暗くなるまで、映画を見た。

題名も見ずに入ったのだが、始った映画は、妻を寝とられた男の復讐話だった。平凡なサラリーマンが、突然、ピストルを乱射して、相手の男を射殺してしまうのだ。

三浦は、じーんと、頭がしびれるような思いで、その映画を見ていた。

午後八時すぎて、映画館を出た。

スナック「羽衣」は、日曜日でもやっていた。

三浦は、近くの店に入って、羽衣が終るのを待った。
羽衣が店を閉めたのは、午前二時だった。
木下が、若いホステスを抱くようにして、出て来た。
三浦は、あとをつけた。
明治通りを出たところで、木下は、女と別れて、タクシーを拾った。
三浦も、傍《そば》にとまっていたタクシーに乗り込んだ。
「あの車をつけてくれ」
と、かすれた声で、運転手にいった。

7

木下を乗せたタクシーは、甲州街道を、西に向って、突っ走った。
さすがに、この時間になると、車の数も少なっていて、尾行はしやすかった。
調布あたりで、前のタクシーは、右に曲った。
昔は、武蔵野の雑木林だったところが、今は、マンションや、建売住宅に変っている。
木下は、その一角で、タクシーをおりた。
三浦も、車をおりた。
だが、なかなか、声をかけられない。
その中《うち》に、木下が、足音で気付いたとみえて、突然、振り向いた。
三浦は、ぎょっとして立ち止った。
「なんで、おれをつけてるんだよ？」
と、木下が、こちらをすかすように見た。
「ちょっと――」
と、三浦は、口ごもって、

「ちょっと、話があるんだ」

「話だって？　誰だい？」

木下は、近づいて来てから、急に、馬鹿にしたように、笑い出した。

「なんだ。女房を寝とられた亭主じゃねえか」

「――――」

「おれに何の用だ？　おれをどうするつもりだ？　え？」

いきなり、胸倉をつかまれて、小突かれた。

「僕は、君に、いいたいことが……」

そこまでいって、息苦しさに、三浦は、咳込《せきこ》んだ。

「何がいいたいことだよ。おれのあとを、こそこそつけやがって」

木下は、思いっきり、三浦を殴った。唇が切れて、血がふき出した。

怒りよりも、このままでは、殺されるという恐怖が、三浦をとらえてしまった。

三浦は、夢中で、ポケットからナイフを取り出すと、なおも殴りかかってくる木下に向って、突き出した。

悲鳴があがった。

ナイフを持った三浦の手が、急に、とてつもなく重くなった。

木下の腹から、血が噴出した。

木下は、すさまじい唸り声をあげ、両手を振りあげ、つかみかかってきたが、それて、途中で、崩れていった。

三浦は、あわてて、ナイフを放した。

木下は、腹にナイフを突き立てたまま、三浦の足元に倒れ、身体をエビのように曲げて、唸り続けている。

街灯の明りの下で、流れ出る血が、地面を赤黒く染めていく。

ふいに、車のフロントライトが、鋭く、三浦を照らし出した。

三浦は、逃げ出そうとした。が、足がすくんで、動くことが出来なかった。

8

それは、三浦にとって、悪夢としか、いいようがないものだった。

夢からさめたと感じたのは、手錠をはめられ、パトカーに乗せられてからである。

調布警察署に連行された三浦は、小田という刑事の訊問を受けた。

「あんたが刺した男は、救急車の中で死んだよ」

と、小田がいった。

「そうですか?」

「なぜ、刺したか、その理由を話して貰いたいね」

「刺さなければ、僕が殺されていたかも知れないんです」

と、三浦はいい、自分の名刺を差し出した。

小田刑事は、三浦が、N物産のエリート社員だとしって、意外そうな顔をした。

三浦は、妻のこと、妻の浮気の相手が、スナック「羽衣」のマスター木下とわかったこと、その木下が、自分を殺そうとしていると知ったことを、小田に話した。

「それで、木下と話をつけに行ったんです。ナイフを持っていたのは、相手を殺すためではなくて、自分を守るためだったんです。木下に会って、家内から手を引いてくれと頼もうとしたんですが、いきなり、殴られて、押し倒されました。このままでは、殺されるかも知れないと思っている中に、夢中で、ナイフで、相手を刺していたんです」

「なるほど」

と、小田は、口調を改めて、

「もし、あなたの話が本当だとしたら、これは、殺人というより、正当防衛になる可能性もありますね」

と、いってくれた。

三浦は、留置場に入れられた。

次に呼び出されたのは、翌日の昼過ぎだった。

小田は、また、最初の時のような厳しい顔になっていた。

「本当のことをいってくれないと困るね」

と、小田は、眉をひそめていった。

「本当のことをいっていますよ」

「違うね。確かに、君に殺された男は、木下五郎といって、新宿のスナック『羽衣』のマスターだった。恐喝の前科のある男だ。しかし、君の奥さんとは、何の関係もなかったよ。君の奥さんは、否定している」

「家内は、外聞があるから否定しているんです」

「いや、奥さんだけじゃない。木下の周辺の聞き込みをやってみたが、君の奥さんとの関係は出て来ないんだ」

「そんな馬鹿な――」

三浦は、絶句した。冴子は、あの木下と関係していたのだ。

証拠は、書斎のラジカセで録音したテープだが、あのテープは、彼自身が、世間体を考えて、消去してしまった。

「もう一度、調べて下さい」

と、三浦は、いった。

小田は、三浦の要望を入れて、再度、木下の周辺を調べてくれた。

「結果は、同じだったよ」

と、帰って来て、小田は、渋い顔で、三浦にいった。

「木下は、どうしても、君の奥さんと結びつかないよ。君のいった三月二十九日、四月十日だがね。木下の行動を調べたが、夕方から午前二時まで、新宿の店から一歩も出ていないことがわかったよ」

「そんな筈は――」

「事実は、どうしようもないからね。もう一つ、君に伝えておこう。君の奥さんは、実家へ帰るらしい。それに水沼家では、君に失望して、すぐ、離婚の手続きをとるといっている。まあ、奥さんの両親にしたら、無理もないことだがね」

「そうですか――」

冴子なら、いや、水沼家なら、そうした行動をとるだろうと、三浦は思った。

だが、そう思っても、こんな時、冴子が、来てくれないことは、悲しかった。

（彼女が、証言してくれさえしたら――）

三浦の落胆が、あまりにも強かったので、小田刑事も、同情したらしい。

「何か、こうして欲しいということはないかね？」

と、三浦にきいた。

「モーツァルトが聞きたいんです」

「モーツァルト？」

「ええ。モーツァルトを聞きながら、考えたいんです」

「しかしねえ。どうしたらいいか」

「僕の書斎に、モーツァルトのカセットがいくつかあります。それと――」

ラジカセといいかけて、止めた。あのラジカセは、縁起が悪い。

「寝室の壁にかかっている絵の裏に、小型テープレコーダーがあります。何の役にも立たなかった奴ですが、それを持って来てくれませんか。家内がいたら、断って」

「わかった。しかし、音楽を聞いていいかどうかは、本部長の判断だからな」

そう釘をさしてから、小田は出かけて行った。

その日の夜おそく、三浦は、また、留置場から呼び出された。

なぜか、小田刑事は、微笑していた。

彼は、小型テープレコーダーを、机の上に置いてから、

「何もかもわかったよ」

「何のことですか?」

「君の奥さんに会って、寝室に君が仕掛けたテープレコーダーのことをいったとたん、奥さんが、真っ青になった。それで、私は、これは、何かあるなと感じた。というのは、君が、なぜ、木下を殺したか、その理由がわからなかったからだよ。そこで、君の奥さんを問い詰めたら、何もかも話したよ」

「何を話したんです?」

「奥さんが関係していた男は、木下でなく、小沢貢一郎という二十五歳の男だった。奥さんの大学時代の同級生だった。ところで、木下だが、君の奥さんと小沢貢一郎が、ラブホテルから出てくる

ところを、偶然、見たんだな。恐喝の前科のある木下は、これは金になると思い、君の奥さんのあとをつけ、金をゆすり始めたんだ」

「それで、家内の様子がおかしかったのか」

「だろうね。二人は、どうしたらいいか考えた。そんな時、君が、書斎に、ラジカセの録音装置をセットしているのに気がついた。そこで、二人は、君に木下を殺させることを計画したんだ。小沢が、木下になりすまして、奥さんと、君を刺戟するような話をし、テープに録音したんだ」

「僕は、それに、まんまと引っかかったんですね」

「そうだね。二人の思惑どおり、君が、木下を殺してくれた。ところが、奥さんは、寝室に仕掛けたテープレコーダーのことは知らなかった。それで、真っ青になったのさ。書斎では、演技をしていても、寝室では、生地のままの会話をしていたろうからね」

「僕は、四月十日の分については、このテープレコーダーのテープは聞いていないんです。書斎のラジカセの分で、がつんとやられてしまいましたから」

「私も聞いてみたが、何も入っていなかったよ」

と、小田は笑って、

「君の奥さんが、さぞ口惜しがるだろうがね」

「モーツァルトは聞けますか？」

「本部長はいいといったよ」

と、小田は、笑顔でいってから、

「君は、刑務所行はまぬがれないが、これで、多分、奥さんより早く出られると思うね」

死体の値段

1

君子は、シャワーを浴びながら、

「パパ」

と、居間にいる大山卓造に、呼びかけた。

「ねえ、このマンションの名義のことなんだけど――」

返事はない。

いつも、都合が悪くなると、急に、耳が遠くなってしまうのだ。

「くそじじい」

と、君子は、口の中で呟いた。

大山は、貧相な七十もの老人である。どこにでもいる老人の一人である。ただ、他の老人と違うところといえば、大山の個人資産が数十億円はあるということだった。

クラブ「ベラミ」で働くホステスの君子にとっては、それが何よりも大事なことだった。

だからこそ、二十九歳の身体を、抱かせてやっているのだ。

2LDKのマンションを貰い、月三十万円の手当てを貰い、月に三回は、店に同伴してくれる。

だが、マンションの名義は、よく調べてみると、大山になっていた。早く、名義を、自分に変えて欲しいと頼んでいるのだが、大山は、いっこうに、手続きをとってくれない。

君子は、時価約三千万円といわれるマンションを手に入れるだけで、満足する気はなかった。

大山には、息子夫婦がいるが、彼自身は、目下独身である。結婚して、彼が死ねば、少くとも、二、三億円の遺産は自分のものになると、計算しているのだが、大山は、両方とも、なかなか、うんといわないのである。

老い先短いのに、ケチケチしても仕方がないだろうと、君子は、思う。どうせ、何もかも、息子夫婦に取られてしまうだけではないか。

その息子夫婦が、自分を大事にしてくれないと、店に来ては、君子に、グチをいうくせに、いざとなると、マンションの名義は、頑として、書きかえようとしないのである。

月三十万の手当て以外に、これという物も、買ってくれない。それでも、じっと我慢しているのは、いつかは、大山の財産をという希望があったからだった。

「ねえ、聞いてるの？　パパ」

君子は、シャワーを止めて、もう一度、呼びかけた。

返事は、なく、テレビの音が聞こえてくる。深夜映画を見ているらしい。やはり、年齢《とし》のせいだろうか。昔の時代物映画が好きな老人だった。

君子は、濡れた身体をタオルで包んで、バスルームを出た。

テレビは、案の定、古めかしい時代物の映画をやっている、大山の好きな月形竜之介が出ている。

いつの間にか、故人になったその俳優の名前を、君子は、覚えてしまった。

大山は、ソファに身体を埋めるようにして、テレビと向い合っている。

「パパ、このマンションのことだけど——」

君子は、三面鏡に向って腰を下し、口紅を引きながら、鏡の中の大山を見た。

だが、相変らず、大山は、押し黙っている。

君子は、だんだん、腹が立ってきて、立ちあが

ると、大山の前に廻って、

「ねえ。聞いてよ」

と、きつい声でいった。

大山は、眼を閉じている。君子は、拍子抜けしてしまって、

「なんだ。眠ってるの」

笑いながら、軽く、大山の肩あたりを叩いた。

とたんに、大山の小さな身体が、ずるずるとソファからずり落ちて行った。

2

大山の身体は、じゅうたんの上に、横たわったまま、動かなかった。

ガウンがはだけて、やせた二本の足が、むき出しになっている。


君子は、顔色を変えて、「パパ！」と、甲高い声で叫んだ。

眠っているのなら、いびきが聞こえてくる筈なのに、何も聞こえて来ない。

(死んでいる)

と、君子は身ぶるいした。

君子は、十九歳の時、一年間だけ、総合病院で、準看だった経験がある。その時、何人か、死人を見た。

今、じゅうたんの上に横たわっている大山は、それと同じだった。

身体が、かたく、硬直している。息が、全く聞こえて来ない。顔も、白っぽくなっている。

テレビは、もう終ってしまって、じい、じい音を立てていた。

君子は、それに気がつかない。

電話をとって、一一〇番しようとして、途中で、やめてしまった。

警察に、あれこれきかれるのがいやだ、と思ったからではない。少しずつ落着いてくるにつれて、このまま、警察に知らせたのでは、今まで、この老人と一緒に過ごしたことが、何にもならなくなると考えたからだった。

このマンションも、老人の名義だから、息子夫婦のものになってしまう。莫大な遺産だって、君子には、一円だって、来ないだろう。

(どうしたら、いいだろう?)

君子は、老人の死体を見下しながら考えた。

この死体が見つかったら、それで、終りだ。息子夫婦が、死体を引き取り、君子は、このマンションから、追い出されることになる。

店での毎月の収入は、三十万はあるから、食べるのには困らないし、マンションだって、借りればすむ。

だが、もう、君子は、二十九歳だった。それに、さして、美人でもない。早く、大金を手に入れて、自分の店を持ちたい。

それを考えると、大山は、絶好のカモだったのだ。こんなカモが、また、見つかるとも思えなかった。

(どうしたらいいだろう?)

と、君子は、もう一度、口の中で呟いた。

これから、すぐ、大山との結婚届を出して、法律的に、結婚した直後に、死んだことにしようか?

そんな外国の映画があったような気もした。が、もう区役所は閉まっているし、明日は、日曜日である。

それに、老人が、君子を囲いながら、結婚をしぶっていたことは、みんなが知っている。君子自身が、仲間のホステスに、いつも、話していたからだ。それが突然、結婚すれば、みんなが、怪しむだろうし、肝心の大山が、姿を見せなければ、これも、怪しまれるだろう。

君子は、必死で考えた。

何とかして、数十億円といわれる大山の資産を手に入れたい。それが駄目なら、このマンションでも。

一時間近く考えてから、君子は、急に、怖い顔になって、押入れから、ロープを取り出した。

老人の身体をガウンごと、それで、ぐるぐる巻きにした。

時計は、午前二時を過ぎている。

五階建のマンションは、ひっそりと、静まりかえっている。

君子は、着がえをしてから、ぐるぐる巻きにした死体を、入口まで引きずって行った。

そっと、ドアを開けて、廊下の様子をうかがった。

人の気配は、全くない。君子の部屋は、一番端なので、エレベーターは、すぐ傍である。

人のいないのを確かめてから、死体を、エレベーターの前まで引きずって行き、エレベーターにのせた。腋《わき》の下に、汗が吹き出し、それが、冷たくなってくる。

一階のボタンを押した。

管理人は、もう、眠ってしまっているだろう。

一階に着き、扉が開いたが、すぐには、飛び出さなかった。

駐車場は、マンションの横にある。車を持っている住人が、時々、二時、三時に、帰って来ることがある。それに見つかっては、何もかも、終りなのだ。

五、六分、周囲の気配をうかがってから、君子は、駐車場にある自分の車まで、死体を引きずって行った。

小柄な老人なのに、死体になると、やたらに重かった。

自分のカローラのところまで引きずって、君子は、荒い息を吐いた。

トランクを開け、ロープで縛った死体を、押し込んだ。

それから、運転席に身体を入れた。この車だって、最初は、買ってやるといったくせに、出してくれたのは、頭金だけである。そのくせ、大山は、何かというと、車を買ってやったと、恩着せがましくいっていたのだ。

君子は、気持を落着かせるために、煙草をくわえて、火をつけた。それから、ゆっくり、車を動かした。

3

甲州街道を、西に飛ばした。

京王多摩川の近くで、橋をわたり、神奈川県側にわたり、車ごと、河原におりた。

車の外に出ると、秋風が冷たかった。夏なら、夜釣りの人を、時たま見かけるところが、この寒さでは、人の姿はなかった。

死体には、重石をつけて、深い場所に、沈めた。

月明りの中で、大山の死体は、ゆっくり沈んでいった。そのまま、しばらく眺めていたが、浮かび上ってくる様子はない。
二、三日、沈んでくれていればいいのである。その後、死体が浮かんでしまっても、差しつかえない。
車に戻ると、君子はどっと疲れが襲いかかって来るのを感じた。

だが、まだ、することが、いくらでもあった。このままでは、一円にもならないのだ。

疲れた身体を鞭打って、中野のマンションに戻った。

部屋に入ると、三面鏡の引出しから、便箋と封筒を取り出した。

ボールペンを手にしたが、それは、やめた。筆跡で、書いた人間がわかると聞いたことがあったからである。

週刊誌と、のりと、鋏《はさみ》を用意して、それで手紙を作ることにした。

大小とりまぜて活字を切り抜き、それを、便箋に貼りつけていった。

〈老人は、あずかった。助けてもらいたければ、すぐ、一億円用意しろ。

けいさつに知らせたら、殺すぞ。また、連絡する〉

それが出来あがると、切り抜きに使った週刊誌は、廊下にあるダスターシュートに投げ込んだ。朝になれば、管理人が、燃やしてしまうだろう。

君子は、少し眠った。

朝の七時に、眼をさますと、君子は、サンダルを突っかけて、中野駅まで、歩いて行った。

駅の売店は、もう開いていた。君子は、「おばさん。お早よう」と、声をかけてから、スポーツ紙を、全部、買った。五千円札を出すと、お釣がないといわれた。

「じゃ、セブンスターを二十個貰うわ。どうせ、買うんだから」

と、君子は、いった。

セブンスターをワンカートンと、五紙のスポーツ新聞を抱えて、君子は、ゆっくり、家に帰った。

ドアを開けて、中へ入る。もちろん、大山の死体はない。彼の洋服や、ネクタイなど嫌でも眼に入ってくる。

君子は、視線をそらせて、時計に眼をやった。

十二時近くなったところで、君子は、昔、つき合ったことのある井上という男に電話をかけた。街のチンピラで、いつも、金を欲しがっているような男だった。

「今時分、何の用だい？」

井上は、ねむそうな声を出した。どうせ、昨夜は、どっかで飲み潰れたのだろう。

「金儲けしてみる気はない？」

「十万や二十万の端金《はしたがね》じゃいやだぜ」

「一人前のことをいうのね」

と、君子は、小さく笑ってから、

「うまくいけば、あんたに一千万円あげるわ」

「一千万円だって」

とたんに、ねむたげだった井上の声が、大きくなった。

「そうよ。一千万円は、とれるわ」

「まさか、誰かに保険金をかけて、そいつをおれに殺してくれなんていうんじゃあるまいね？」

「あんたに、そんな度胸のないことは、よくわかってるわよ。ただ、私のいう通りに動いてくれればいいだけ」

「じゃあ、これから、そっちへ行こうか?」

「それは駄目。あんたと会ってるところを、他人《ひと》に見られると、あとで困るのよ。これから、私がいうことを、よく聞いてくれればいいのよ。そして、その通り、間違いなく、動いてくれれば、一千万円を差しあげるわ」

4

午後一時。

誘拐事件が発生したという知らせを受けて、捜査一課の十津川警部は、部下の亀井刑事を連れて、現場である中野のマンションに急行した。

五階の端の部屋の女性から、一一〇番が、かかったのである。

新宿のクラブ「ベラミ」のホステスで、中島君子、二十九歳だった。

「パパが、誘拐されたんです」

と、君子は、青白い顔で、十津川にいった。

「くわしく話して頂けませんか」

と、十津川は、いった。

「パパの名前は、大山卓造で、お店の常連なんです。年齢は七十歳だったと思います。去年の春から、パパの世話になってて、このマンションも、パパが、借りてくれたんです」

「その大山卓造さんが、誘拐されたんですね?」

「ええ。昨日、お店の帰りに、寄って、泊ったんです。七時頃に起きたんですけど、昨夜、後楽園で、巨人が勝ったでしょう。パパは、すごい巨人ファンだもんだから、すぐ、スポーツ新聞を買って来てくれって、いうんです。それで、私が、中野の駅まで行って、五つのスポーツ新聞を買って来たんですけど、戻ってみると、パパがいないんです」

「ここから、中野駅までだと、往復で、どれくらいかかりますか？」

「三十分ぐらいかな。それで、パパは、どこへ行ってしまったんだろうかと思っていたんです。洋服は脱いだままだし、靴は置いてあるし、ガウン姿で、サンダルでも突っかけて、散歩にでも出かけたのかと思ったんです。気まぐれの人ですから。ところが、昼頃になっても、帰って来ないんで、心配になって、外へ探しに行って、その帰りに、何気なく、郵便受を見たら、これが入っていたんです」

君子は、白い封筒を、十津川に見せた。

何も書いていない封筒だった。

中から、雑誌のらしい活字を切り抜いて貼りつけた便箋が出て来た。

十津川は、それを読み、亀井に渡した。

「一億円ですか」

と、十津川は、呟いた。

「それには、警察にはいうなとありましたけど、どうしていいかわからないので、一一〇番したんです」

「そうして頂いて、われわれも助かりました。ところで、犯人は、一億円を要求していますが、あなたに、払えますか？」

「とんでもない。十万円だって、大変ですわ」

「すると、大山さんの家が、資産家ということですか？」

「ええ。大変なお金持ちだと聞いたことがありますけど――」

「犯人は、それを知っていて、大山さんを誘拐したんでしょうね。あなたに、こうした脅迫状を出せば、大山さんの家族に伝わると思ったんでしょうね」

「私は、どうしたらいいんでしょう？」

「犯人は、また、あなたに何かいってくるかも知れませんから、ここを動かずにいて下さい」

「でも、私には、一億円なんか用意できませんけど」

「それは、私が、大山家へ話しましょう」

と、十津川は、いった。

亀井刑事に、その場を委せて、十津川は、君子に聞いた大山邸を訪ねた。

同じ中央線の阿佐ヶ谷駅近くにある豪邸だった。

敷地は、七、八百坪はあるだろう。この土地だけでも、七億円ぐらいの価値はあるのではないかと思いながら、十津川は、門柱についている呼鈴を押した。

四十歳くらいの女性が出て来て、とがめるように、十津川を見すえた。

「主人は、ゴルフに出かけておりますけど」

「奥さんですか？」

「ええ。それが、何か？」

「警察の者ですが、内密に話したいことがありましてね」

十津川は、相手に、警察手帳を見せた。とたんに、顔色が変って、あわてて、家の中へ招じ入れた。

「主人に、何かあったんですか？」

「いや、大山卓造さんのことです」

「義父《ちち》のことですの」

「誘拐されました」

「誘拐って、どうして？　昨日も、家に帰っておりませんけど」

「中島君子という女性を、ご存知ですか？」

「ええ、知っています。どこかのクラブのホステスでしょう。義父が、欺《だま》されて、お金をしぼり取られているのよ。主人も、私も、みっともないから、やめるように、いつも、義父に頼んでいるんですけどね」

「実は、彼女のマンションにいるところを誘拐されたんです」

「じゃあ、あの女が犯人なんでしょう？」

「いや、彼女が、大山卓造さんに頼まれて、中野駅にスポーツ新聞を買いに行っている間に、何者かに誘拐されたといっています。そして、これが、彼女のところに送られて来たんです」

十津川は、脅迫状を、卓造の一人息子、大山市郎の嫁である静子に見せた。

静子の顔色が変った。

「一億円も」

「中島君子には、払えませんし、犯人も、こちらから取るつもりで、卓造さんを誘拐したんだと思いますね」

「でも、一億円なんて大金、ここには、ありませんわ」

「ご主人は、ゴルフといいましたね？」

「ええ」

「では、お帰りになったら、相談なすって下さい。犯人が、卓造さんの身代金として、一億円を要求していることだけは、事実なんですからね」

と、十津川は、いった。

大山市郎が、帰宅したのは、夕方の午後六時になってからだった。

知らせを受けて、十津川は、もう一度、大山邸を訪ねた。

大山市郎は、現在、大山産業の社長をしていた。誘拐された卓造は、会長である。大山産業は、さまざまな事業に手を出していた。

不動産、ゴルフ場の経営、スーパーマーケット経営などである。今日、市郎が、区会議員などとゴルフをしたのも、大山産業が経営している千葉県内のゴルフ場だった。

「話は、家内から聞きました」

と、市郎は、落着いた声でいった。

「それで、一億円は、用意されますか？　犯人は、明らかに、大山家の資産を狙って、卓造さんを誘拐したんだと思います。大山家は、中野区の長者番付けに、毎年出ていますね。それを見れば、犯人は、卓造さんに狙いをつけるのも当然だと思いますね。お子さんがいたら、多分、お子さんが、狙われたでしょう」

「大山家の財産は、ほとんど、父が作ったものですから、父が誘拐されれば、支払いますが、それで、父は、無事に帰ってくるでしょうか？」

「われわれは、救出に全力をつくします」

「一億円の身代金を、払わなかったら、どうなりますか？」

「その場合でも、われわれは、全力をつくしますが、から手で、犯人と交渉するのは難しいことも事実です。ただ、あとになって、あなた自身が、お困りになるかも知れませんね。この誘拐事件が、公けになった時、マスコミは、父親の身代金を払おうとしなかったことで、あなた方夫婦を、批判するでしょうから」

「私を、脅かすんですか？」

と、市郎は、色をなして、十津川を睨んだ。

「いや、そんな気は全くありません。あなたが、身代金を支払うか、否かに関係なく、われわれは、卓造さんの救出に全力をつくすと、申し上げたんです」

「わかりました。用意しましょう。ただし、今日は日曜日だし、もう午後七時に近い。銀行に頼めません。明日にならなければ、作れませんね」

「それは、犯人も、わかっていると思いますよ」

「しかし、なぜ、私どものところへ身代金を要求せずに、中島君子さんのところへ要求して来たんでしょうか?」

「いろいろ、理由は考えられますね。彼女のマンションから誘拐したからかも知れません。あなたのような人よりも、彼女の方が、脅かしやすいからかも知れません」

「彼女が、金欲しさに、男友だちと組んで、父を誘拐したのかも知れませんね。その可能性だって、あり得るわけでしょう?」

「そうですね。ただ、彼女の部屋から誘拐した理由がわかりません。ちょっと、危険ですからね。どうしても、部屋に痕跡が残ります」

「残っていなかったんですか?」

「これまでのところ、ありませんね」

「犯人は、次の要求も、彼女のところへ、いってくるんでしょうか?」

「多分、そうするでしょう。その都度、こちらにも、お知らせしますよ」

5

午後十時に、若い男の声で、君子のところに、電話が入った。

「一億円は、用意できたか?」

男の声が、きく。

君子が、返事をした。

「私に、そんな大金は用意できないわ」

「だが、大山卓造は、大山産業の会長だ。大山家なら、用意できる筈だ。お前さんから、向うへいってくれ」

「伝えたわ」

「それで?」

「今日は駄目だから、明日なら、用意はできるといっていたわ」

「よし。それなら、明日の十一時までに、一億円用意しておくようにいえ。また、その時に電話する。爺さんを助けたかったら、一億円用意するんだ」

「もし、もし――」

と、君子は、電話口でいっている。十津川に、首を振って見せた。

「切ってしまったわ」

「いいですよ」

と、十津川は、いった。

十津川は、君子の部屋から廊下に出ると、亀井刑事に、

「調べてくれたかね?」

「西本君が、中野駅へ行って、調べたところ、彼女のいうことに間違いはなかったそうです。中島君子は今朝の七時過ぎに、売店で、スポーツ紙を五紙買ったそうです」

「よく、彼女のことを覚えていたね?」

「五千円札を出したんで、売店の人が、お釣りがないというと、セブンスターを二十箱買ったそう

で、それで、覚えているんです」

「なるほどね」

「警部は、彼女が、怪しいと思いますか？」

「息子の大山夫婦は、中島君子が、ボーイフレンドと、金欲しさに、誘拐したんだろうといっている」

「彼女はさっき、逆のことをいっていましたよ」

「逆のこと？」

「大山家では、実権は、大山卓造が握っていた。何十億という財産があっても、息子夫婦の自由にはならない」

「それで父親を誘拐したか――？」

「そのごたごたで死んでしまえば、全財産が、息子夫婦のものになります」

「なるほどね。考えられなくはないね。あの息子にしても、息子の嫁さんにしても、あまり、父親を尊敬しているようにも、見えなかったからね。一億円の身代金にしても、最初は、支払いを渋っていたが、私が、あとで、批判されると脅したら、やっと、用意するといい出したんだ」

「そうですか」

「明日の十一時までは、犯人からの連絡もあるまい。それまでに、調べて貰いたいことがある」

「例の脅迫状ですか？」

「そうだよ」

と、十津川は、ポケットから、脅迫状を取り出して、亀井に渡した。

「指紋の検出ですか？」

「それはいい。犯人は、手袋をはめていたろうし、中島君子の指紋がついていても、それは、彼女が、最初に読んだわけだから、当然のことだ。君にやって貰いたいのは、貼りつけた活字が、何から、切り抜かれたものかを調べて欲しい。単行本か、雑誌か、雑誌なら、何という雑誌かだ」

「わかりました。やってみます」

6

朝になった。

大山市郎は、取引銀行に、一億円の札束を用立ててくれるように、頼んだ。

亀井刑事は、同僚の西本と、脅迫状に使われた活字を追いかけていた。

午前十一時。

中島君子の電話が鳴った。

十津川は、テープレコーダーのスイッチを入れてから、君子に、眼で合図した。

君子が、受話器を取った。

「一億円、用意できたか？」

「ええ。大山家が用意したわ」

「よし。次は、S社製の布製のスーツケースを二ケ買ってくるんだ。一番大きなやつだ。買って来たら、それに、五千万円ずつ詰めるんだ。ちゃんと詰まる筈だよ。一時間以内に、今いったことを実行しろ。十二時になったら、また、連絡する」

それで、電話が切れた。

すぐ、S社製の布製のスーツケースが、駅前のデパートで購入された。

大型で、底に、キャスターがついている。

ジッパーで、開けると、それに、大山市郎が運んで来た一万円の札束を詰めていった。

犯人のいう通り、五千万円ずつ、きれいに詰まった。

両方で、十四キロぐらいの重さだった。

十二時に、また、犯人からの電話がかかった。

「用意は出来たか?」

と、犯人が、きいた。

「出来たわ」

「それでは、お前さんが、札束の入ったスーツケースを持って、車に乗るんだ。白いカローラを持っているだろう。あれに乗れ。いいか、ちゃんと見張っているから、リアシートに、刑事をのせたりするなよ。そんなことをしたら、爺さんを殺すぞ」

「わかったわ。車に、お金をのせたら、あと、どうすればいいの?」

「甲州街道を、西へ走れ。下高井戸の入口近くに、公衆電話ボックスがある。そこに、一時までに着いて待つんだ。次の指示を与える」

男は、がちゃんと、電話を切った。


君子は、受話器を置くと、十津川を見た。

「どうします?」

「とにかく、相手の指示どおりに動いて下さい。刑事を、同じ車にもぐり込ませたいんですが、どうやら、犯人は、それを見越して、警告しているから、これは出来ません。しかし、犯人にわからぬように、あなたの車を尾行して行きます」

二つのスーツケースは、君子の車のトランクに積み込まれた。

十津川は、亀井の運転する覆面パトカーで、君子のカローラを尾行した。

中野から甲州街道に出る。

京王線の下高井戸駅近くに、公衆電話ボックスがあった。

君子が、その横に車を止めた。

亀井も、五十メートルほど手前で、車をとめた。

まだ、一時には、七、八分、間があった。

君子が、車からおりて、電話ボックスの中に入って行く。

「古典的なやり方だな」

助手席で、十津川が、呟いた。

「は？」

と、亀井が、十津川を見た。

「犯人の連絡方法がさ。公衆電話ボックスに待たせておいて、連絡する。よくあるやつだよ」

「そうですね」

亀井が肯いたとき、電話ボックスの中で、ベルが鳴ったらしく、君子が、受話器を取るのが見えた。
二、三分で、君子は、電話を切ると、電話ボックスを出て来て、車に乗った。
再び、カローラが、走り出す。亀井も、ハンドルを握って、アクセルを踏んだ。

秋の西陽が、真正面から差し込んでくる。

二人の刑事は、サングラスをかけた。

「犯人は、次にどう出るつもりですかね？」

亀井が、眼で、前方を走るカローラを追いながら、十津川にきいた。

「普通は、あと一、二回、公衆電話ボックスを利用して、尾行されているかどうか確かめるんだが、今回はそれはしないようだ」

「なぜわかりますか？」

「電話ボックスを、二つばかり、通り過ぎたよ」

西に行くにつれて、少しずつ、緑が多くなって来た。

武蔵野の面影を、まだ、残している地区が眼に入ってくる。

八王子近くまで来て、カローラは、ガソリンスタンドのところを右に曲った。

道路の左右に、畠や、雑木林が広がってくる。道路も、砂利道になってきて、しきりにバウンドする。しかも、登り道である。すれ違う車もなくなった。

先行するカローラが止まった。

亀井も、離れた樹かげに、車を止めた。

君子は、車からおりると、トランクを開けた。スーツケースを二つ引き出した。

それを、両手で下げて、雑木林の中に入って行った。

かなり深い雑木林だった。

すぐ、君子の姿は、見えなくなった。

亀井が、トランシーバーを持ち、車からおりて、雑木林に、もぐり込んで行った。

十津川は、二人の消えた雑木林を、じっと見守っていた。

やがて、君子が、手ぶらで、雑木林から出てくると、カローラに乗って、甲州街道の方へ逆戻りして行った。

「カメさん」

と十津川は、トランシーバーで、呼びかけた。

「亀井です」

という声が戻ってきた。

「どんな具合だね？」

「雑木林の奥に、白い布の目印が、枝にしてあって、中島君子は、その下に、二つのスーツケースを置いて行きました」

「彼女は、今、車に乗って、引き返して行ったよ。犯人が出てくる気配があるかね？」

「今のところ、静かですね。何の物音も聞こえて来ません」

「犯人は、どうやって、一億円を取りに来るつもりかね？」

「わかりませんが、あッ」

「どうしたんだ？　カメさん」

「何か、きな臭い匂いがします」

「何の匂いだ？」

「あッ、火事です！　火事だ！」

亀井の大きな声が、トランシーバーを通して、聞こえてきた。

十津川のところからも、雑木林から、白煙があがっているのが見えた。

九月に入ってから、ほとんど雨が降っていないので、木も、空気も、乾き切っている。

雑木林は、たちまち、真っ赤な炎に包まれた。

もうもうと、黒煙が、宙に立ち昇っていく。

「カメさん！」

と、十津川は、トランシーバーに向って、怒鳴り、返事がないと、車から飛びおりた。

雑木林のところまで、駈け寄ったとき、煙の中から、亀井が、よろめきながら、逃げ出して来た。

亀井は、激しく呟込みながら、十津川の傍に来た。

「とつぜん、火が出ました。一億円を運び出す時間がありませんでした」

「いいさ。犯人だって、持ち出せなかったんだ」

十津川が、いった。

眼の前の雑木林は、今や、一つの大きな炎になって、近くの山林にも、燃え広がろうとしている。

二人の足元の雑草までが、くすぶり始めた。

二人はあわてて、車に戻った。

7

この火事は、五時間にわたって、燃え続けた。

問題の雑木林はもとより、周囲の山林も、焼けてしまった。損害額は、十二億にのぼるだろうといわれた。

十津川と、亀井は、まだ、くすぶっている雑木林の中に入って行った。

時々、焼け焦げた枝が、ぱらぱら落ちてくる。木々は、焼けて倒れてしまっていた。

問題の二つのスーツケースは、布製であったために、完全に焼けてしまっている。中身の一万円札の束も、灰のかたまりになってしまっていて、風が吹くと、ぱらぱらと、崩れていった。

若い男の焼死体も、発見された。

身体全体が、焦げてしまっていたが、雑木林の外に止めてあった車に、車検証があり、それから、東京世田谷に住む、井上利夫、二十八歳とわかった。

この井上利夫の身元が、徹底的に洗われた。

前科が一つあり、現在、無職である。いわば、チンピラだったが、十津川が注目したのは、井上が、以前、中島君子が働くクラブ「ベラミ」で、ボーイをしていたことがあるという事実だった。

十津川は、先に、マンションに帰っていた君子に会うと、

「井上利夫という男を知っていますか？」

と、きいた。

君子は、「井上——さん？」と、口の中で呟いてから、

「前に、同じ店で働いていたボーイさんかし

ら？」

「そうです」

「あの井上さんが、どうかしたんですか？」

「今度の誘拐の犯人ではないかと思われるのです」

「まさか――」

「あなたが、一億円入りのスーツケースを置いた雑木林が、山火事で燃えたんですが、その焼け跡から、井上利夫の焼死体が発見されました」

「本当ですか？」

「事実です。井上は、あなたのことも、大山卓造さんのことも、知っていたんじゃありませんか？」

「ええ。知っていた筈ですわ」

「それなら、今度の誘拐を計画した理由もよくわかります。金にも困っていたようですから、大山さんを誘拐し、身代金を手に入れようとしたのだと思います」

「それで、一億円は、無事に戻ってくるんですか？」

「残念ですが、山火事で、燃えてしまいました」

「まあ」

「恐らく、こういうことだろうと思います。犯人の井上は、あの雑木林に、われわれとは反対側の道から、車で近づき、雑木林の中に入って、あなたが一億円を持ってくるのを待っていたのだと思います。待っている時に、煙草を吸った。その火が、雑草にでも燃え移ったんだと思いますね。消防士も、山火事の原因の第一は、煙草の火だといっていましたから」

「それで、人質になっている大山さんは、どこにいるんでしょうか？」

「これから、それを、探さなければなりません」

と、十津川はいった。

井上は、世田谷区内のアパートに住所があったが、十津川たちが、そのアパートを調べてみたが、大山卓造は、いなかった。

二十人の刑事が、動員されて、大山卓造の行方を追った。

そのあわただしさの中で、亀井が、

「脅迫の活字のことが、わかりました」

と、十津川に、いった。

「雑誌だったかね？」

「女性週刊誌のNから、切り抜いたものだとわかりました。面白いのは、中島君子も、このNを、よく買っているということです」

「そいつは面白いが、彼女が犯人なら、他の雑誌の活字を使うんじゃないかね？」

「そういう考え方もあると思いますが――」

「カメさんは、不満かね？」

「どうも、今度の事件の終り方が、気に入らないんです」

「まだ、終ってはいないよ。肝心の人質が、どこにいるのかわからないんだからね」

「もう、死んでいるんじゃありませんか？」

「かも知れないが――」

十津川が、言葉を濁したとき、大山卓造らしい死体が、京王多摩川で見つかったという報告が入った。

十津川と、亀井は、現地に、急行した。

ロープの巻かれた老人の死体が、岸に、引き揚げられていた。

鯉つりに来た男が、引っかけたのだという。

ナイトガウンの上から、ロープでしばられているのだが、そのロープは、解《ほど》けかかっていた。釣り人が見つけなくても、その中に、浮かび上っていたかも知れない。

　息子夫婦が駆けつけて、大山卓造であることが、確認された。また、中島君子は、そのガウンが、彼女のマンションで着ていたものだと、いった。

　しかし、死体には、外傷もなく、死因がつかめないので、解剖に廻すことになった。

「これで、全て、解決ってわけでしょうか？」

　と、亀井が、相変らず、納得がいかないという顔で、十津川に、話しかけた。

「まだ、解剖の結果が、残っているよ」

「しかし、どうやって殺したのであれ、犯人の井上利夫が、大山卓造を誘拐し、すぐ、殺してから、一億円をゆすりとろうとした。しかし、山火事になってしまって、身代金の一億円を灰にしてしまっただけでなく、自分自身も、灰になってしまった。これで、終ったわけでしょうか？」

「不満かね？」

「理由はわかりませんが、どうも、納得できないんです」

　と、亀井は、いった。

　十津川は、笑っただけだった。

　丸一日して、解剖結果が、報告されてきた。

　死因は、脳卒中という報告だった。

「すると、病死ということですか？」

　と、十津川は、解剖に当った大学病院に電話して、確かめた。

「その通りです。病死です」

　解剖した医者が、電話口でいった。

　亀井は、変な顔をして、

「大山卓造が、病死だったというのは、意外でしたね」

「そうでもないさ」

と、十津川は、微笑した。

「と、いいますと、警部は、病死を予想されていたんですか？」

「ひょっとすると、病死かも知れないと思っていたんだ。しかも、死亡推定時刻は、九日の午後十一時から十二時の間と書いてあるんだよ」

「しかし、中島君子は、翌朝の七時頃、中野駅へ行って、スポーツ紙を買った。その間に、大山卓造が誘拐されたといっていたんじゃありませんか？」

「その通りだよ。つまり、彼女は、嘘をついていたのさ」

「なぜ、君子は、そんな嘘をついていたんでしょうか？」

「その理由を確かめに、彼女に会いに行ってみようじゃないか」

と、十津川はいった。

8

二人が、中野のマンションに着いたとき、君子は、店に出るところだといって、三面鏡に向って入念に化粧をしていた。

「今日は、事件を終らせるために、やって来ました」

と、十津川はいった。

君子は、変な顔をした。

「犯人が死んで、もう終ったんでしょう？」

「いや、全く終っていません」

「なぜですか？」

「私は、最初から、あなたが、犯人だと考えていたんですよ」

十津川は、ニコニコ笑いながら、いった。

君子は、十津川の微笑を、冗談と受け取るべきかどうかわからない様子で、戸惑いの表情を作った。

「それ、冗談でしょう?」

「いや。本気です」

「それなら、なぜ、私を逮捕なさらなかったんですか?」

「あなたが、犯人とすると、三つの、疑問が出てくるからです。一つは、あなたは、大山卓造さんと結婚してしまえば、財産の半分を手に入れることが出来る。その額は、恐らく、二、三十億円にはなる。それなのに、なぜ、無理な誘拐などを企んだのか。二つ目は、脅迫状に、なぜ自分が、いつも読んでいる女性週刊誌の活字を使ったか、三番目は、数十億の財産を持つ相手に対して、なぜ、一億円しか要求しなかったか」

「それで、どうなりましたの?」

「その答が見つかったのです。大山卓造さんは、病死とわかったからです。あなたは、突然、大山さんに死なれて、あわててしまったに違いない。このマンションも出ていかなければならないし、結婚もしていないから、一円も貰えない。それで、あなたは、まだ、大山さんが生きているように見せかけて、誘拐事件をでっちあげたんです。つまり、結婚できるのに、危険な誘拐をしたのではなく、結婚できなくなったので、誘拐事件にしたんです。そう考えれば、女性週刊誌のことも説明がつきます。前もって、計画したものではなかったので、身近にあった雑誌を使わざるをえなかったわけですね」

「一億円の理由もわかりましたの？」

「もちろん。あなたが、犯人とすれば、上手に説明がつくんですよ。あなたは、昔、知り合いだった井上利夫を引きずり込んだ。電話の文句は、あなたが、教えたものでしょうね。一億円を要求し、それを、わざわざ、S社製のスーツケース二つに分けて入れさせた。それを、雑木林の中に置かせた。山火事を起こして、燃やしてしまうためです」

「そんなことをしたら、一円にもならなくなってしまうじゃありませんか？」

「その通りです。あのスーツケースの中身が一万円の札束ならばね。しかし、違う。あなたは、前もって、同じスーツケース二つに、古雑誌や、古新聞を詰めて、車のトランクに入れておいたんだ。その上に、マットを敷いてわからなくしておいた。次に、同じスーツケース二つに、一億円を詰め込み、車のトランクに積み込む。雑木林に着いたとき、あなたは、マットの下に、あらかじめ入れておいたスーツケースを出して、雑木林の中に持って行ったんです。古雑誌や古新聞の詰まったスーツケースですよ。そうしておいてから、何気ない顔で、車に戻った。しかし、すぐ、引き返したわけじゃない。あなたは、車で、雑木林の反対側に廻り、火をつけたんです。雑木林の中に、井上利夫を入れておいたんですよ。井上は、前には、われわれ警察がいるし、背後から火をつけられたので逃げられず、焼死してしまったんです。あなたの計算どおりにね。だが、大山さんの死亡推定時刻だけは、ごまかせなかった。井上利夫が犯人だと、彼は、死人を誘拐したことになってしまうんだ。さあ、一億円をどこに隠したんですか？」

解説

推理小説研究家　山前　譲

デビュー作である短編「黒の記憶」が懸賞小説の候補作として「宝石」に発表されたのは、ミステリーブームが読書界で大きな話題となっていた一九六一年のことだった。以来、残念ながら最後の長編となってしまった二〇二二年八月刊の『SLやまぐち号殺人事件』までの西村京太郎氏の作家活動を振り返ると、いまさらながらその厖大な作品群に驚かされる。

もちろんその中心にあったのは十津川警部シリーズだが、愛読者ならばそこに多彩な小説世界が展開されていることを実感していたに違いない。十津川が捜査した事件も、警察小説という大きなくくりと、舞台や列車にまず惹かれてしまうかもしれないが、ミステリーとしての趣向は様々だった。

一九七二年から一九八一年にかけて「週刊小説」に発表された十一の短編をまとめ、一九八二年七月に実業之日本社より刊行された本書『イレブン殺人事件』もまた、それを証明するはずだ。

有名ホテルの鍵をコピーして仕事をしてきた男が死体を発見して慌てている「ホテルの鍵は死への鍵」と、若手の人気女性歌手が突然声が出せなくなった理由を探っていく「歌を忘れたカナリヤは」の二作は、西村作品のなかでは芸能ものにジャンル分けできるだろう。

長編では一九七九年に刊行された『黄金番組《ゴールデンアワー》殺人事件』と題された作品がある。西村京太郎作品のシリーズ・キャラクターといえば、やはり十津川警部がすぐに思い浮かぶだろうが、その長編で探偵役を務めている、新宿に事務所を構えていた私立探偵の左文字《さもんじ》進《すすむ》も人気が高い。

これはその左文字シリーズで、テレビの人気番組「ザ・リクエストタイム」のレギュラー五人が、ビデオ撮りをしていたスタジオから消え、身代金五億円を要求する手紙が届くといった発端の、いかにも西村作品らしい大胆な事件だった。

やはり左文字のシリーズである「トンネルに消えた…」、そして「タレントの城」や「エンドレスナイト殺人事件」など、短編にも芸能界を背景にしたものが多くある。華やかな世界の光と影に西村氏はミステリーの萌芽を見つけていたのである。

「ホテルの鍵は死への鍵」と「歌を忘れたカナリヤは」が発表されたのは一九七二年のことだが、その頃西村氏は、作家活動において大きな飛躍の時期を迎えていた。一九七一年に『ある朝　海に』以下の七作、一九七二年には『殺意の設計』以下の四作、そして一九七三年にも『鬼女面殺人事件』以下の四作と、まさしく精力的に長編を刊行しているからだ。

人事院を三十歳を前にして退職し、作家を志した西村氏は、一九六三年に短編の「歪んだ朝」で第二回オール讀物推理小説新人賞を受賞し、その翌年に第一長編の『四つの終止符』を刊行した。さらに一九六五年には『天使の傷痕』で第十一回江戸川乱歩賞を受賞と、初期の作家活動はじつに華々しい。当時はミステリーの新人賞が少なく、この二賞を受賞したらミステリー界のエリートだった。

だが、その後は順風満帆とはいかなかったのである。ミステリーブームが去っていたから、長編を書く機会がなかなか与えられなかったのだ。一九六六年刊の『D機関情報』、一九六七年刊の『太陽と砂』、一九六九年刊の『おお21世紀』（別題『21世紀のブルース』）――乱歩賞受賞後から『ある朝　海に』までに刊行された長編はなんとわずか三作である。

その一方で短編は雑誌に数多く発表していた。たとえば一九六五年には一年で三十作近くを数えることができる。あるいは同人誌「大衆文芸」に加わったりと、一九六〇年代後半は短編の時代だった。そうしたいわば雌伏の時代があったから、一九七一年からの長編中心の時代を迎えることができたのだとも言えるだろう。

一九七三年には『赤い帆船《クルーザー》』で十津川が登場する。初期の十津川シリーズは海を舞台にしたトリッキーな長編が注目を集めた。ただ、作品によって警部補だったり警部だったりしたせいでもないだろうが、すぐには西村作品の本流とはならなかった。謎解きの趣向がたっぷり織り込まれた「名探偵」シリーズほか、ヴァラエティに富んだ長編が刊行されていたからだ。

現代社会に相通じるところがある「ピンクカード」、変身という人間の根源的な欲望を背景にした「仮面の欲望」、そして主婦たちの暇つぶしがとんでもないことになってしまう「優しい悪魔たち」は、十津川警部シリーズがブレイクする直前の、一九七七年から翌年にかけて発表された短編である。それぞれに色合いの違ったサスペンスが展開されていることからも、西村作品の特徴がうかがえるだろう。そして一九七八年十月、トラベルミステリーの道を拓いた『寝台特急《ブルートレイン》殺人事件』が刊行された。もっともその時は、トラベルミステリーがあれほど多くの読者を獲得すると予想した人はあまりいなかったのではないだろうか。

その翌年に発表された「受験地獄」は西村短編のなかでも特筆されるものかもしれない。アリバイのヴァリエーションともいえるここでの発想は作者にとってお気に入りだったようで、もちろんストーリーはまったく異なるけれど、のちに十津川警部シリーズの短編でもベースになったことがある。この短編は「殺人偏差値70」のタイトルでテレビドラマ化されたこともあるが、短編ミステリーとしてのひねりが際立っている。

二十九歳の独身サラリーマンが自宅での不思議な出来事に戸惑っている「危険なサイドビジネス」のタイトルに反応したならば、西村作品のかなりの愛読者に間違いない。数多い西村氏の短編のなかには、「危険な」シリーズとでも名付けたい作品群があるからだ。一九六四年の「危険な遊び」を最初に、「危険な」から始まる短編を十二作ほど数えることができる。

そのなかの「危険な男」など四作には、一九七三年から翌年にかけて西村短編において シリーズキャラクターとして活躍した、私立探偵の秋葉京介が登場していた。また、「危険な判決」のような十津川が登場するものもある。かってにシリーズにしてしまったが、西村氏のお気に入りのタイトルだったと言えるだろう。そして、列車内での作者自身の実体験を発端のエピソードにした本書収録作の「危険な道づれ」は、「危険な」シリーズの最後の短編である。

「水の上の殺人」は京都の夏の風物詩となっている「床《ゆか》」(川床とも言う)で死体が発見されている。この作品と新幹線での出会いからとんでもない事件に巻き込まれてしまう

「危険な道づれ」は、京都を舞台にした西村作品としては最初期のものだ。

　この二短編が発表された一九八〇年、西村氏は東京から京都へと転居している。もちろんそれまでにも訪れたことは何度もあっただろうが、二作とも千数百年の歴史を重ねた古都ならではの、これぞまさにトラベルミステリーという展開である。そしてこの年に刊行した『終着駅《ターミナル》殺人事件』で第三十四回日本推理作家協会賞を受賞して、十津川警部の驀進が始まるのだった。

　クラシック音楽やラジオを事件に絡ませた「モーツァルトの罠」は、西村作品のなかではちょっと異色の展開と言えるとかもしれない。そして最後の「死体の値段」はいよいよ十津川警部の登場だ。といっても、短編ではなかなか全国各地に出かけるわけにはいかない。だが、西村作品ならではの誘拐という犯罪がサスペンスを誘っている。

　こうした十一作の短編を通読すると、西村氏の登場人物名の好みがうかがえて興味深いかもしれない。そしてなにより、結末の鮮やかさで、ミステリー短編の醍醐味を堪能できるに違いない。

この作品はフィクションであり、文中に登場する人物、団体名は、実在するものとまったく関係ありません。

一九八二年七月　ジョイ・ノベルス刊
一九八六年二月　角川文庫刊
本書はジョイ・ノベルス版を底本としました。
新装版刊行に際して山前譲氏の「解説」を収録しました。
（編集部）

イレブン殺人事件《さつじんじけん》
新装版《しんそうばん》

二〇二三年二月五日　初版第一刷発行

著　者　西村京太郎《にしむらきょうたろう》
発行者　岩野裕一
発行所　株式会社実業之日本社
東京都港区南青山5-4-30
emergence aoyama complex 3F
〒一〇七-〇〇六二
TEL　〇三(六八〇九)〇四七三(編集)
〇三(六八〇九)〇四九五(販売)
印　刷　大日本印刷株式会社
製　本　大日本印刷株式会社

https://www.j-n.co.jp/

ISBN978-4-408-53825-9（第二文芸）